The Earl's New Bride
by Frances Fowlkes

黒伯爵の花嫁選び

フランシス・フォークス
寺尾まち子・訳

JN211637

ラズベリーブックス

娘にとって最高の母へ。ママ、愛しているわ。

謝辞

本書は有能な編集者ロビンの導きと辛抱強い関わりがなければ出版されなかったでしょう。あなたの絶えることのない力添えと激励に永遠の感謝を。本当に、本当にありがとう。

ヘザー、ローラ、メル、わたしの原稿を一度、二度、三度と読んでくれてありがとう。ぜったいにおもしろいと言ってくれたこと、心から感謝します。

最後に、アダムへ感謝と愛を捧げます。困難にぶつかって泣きたいときには肩を、迷ったときには賢明な言葉を、投げだしたいと思ったときにはあふれるほどの励ましを差し出してくれました。あなたは最高の夫です。

黒伯爵の花嫁選び

主な登場人物

ヘンリエッタ・ビーチャム……………………先代アマースト伯爵令嬢。

サイモン・ビーチャム……………………アマースト伯爵。

セアラ・ビーチャム……………………ヘンリエッタの妹。

アルビーナ・ビーチャム……………………ヘンリエッタの妹。

サターフィールド……………………侯爵。サイモンの友人。

サクストン・ロチェスター……………………ロチェスター子爵令嬢。花嫁候補のひとり。

レディ・ジョージアナ……………………花嫁候補のひとり。

イザベラ・デューベリー……………………花嫁候補のひとり。

リヴィングストン……………………パーティーの出席者。

フィリップ・ビーチャム……………………サイモンの弟。

フェントン……………………子爵。

ウェイバリー……………………公爵。

1

一八一九年、イングランド、ケント州

レディ・ヘンリエッタ・ビーチャムはいまにも失神しそうだった。

足もとがおぼつかず、もう一度ミスター・リヴィングストンに息を吹きかけられたりしたら、きっと卒倒してしまうにちがいない。

そのまえにレディ・ジョージアナのわざとらしい歓声を耳にして、気絶していなければだけど。

もちろん、こんなふうにふらつくことは充分に避けられた。ひとつ、当代伯爵の花嫁選びという目的が見え透いているパーティーに招待されなければ。ふたつ、先祖伝来の屋敷プラムバーンに住みつづけるためには、その伯爵と結婚しなければならず、

自らも結婚することを心に決めていなければ。

ヘンリエッタは扇子の木の骨を握りしめた。すると指がしびれて熱くなり、舌に残っている朝食の後味のすっぱさから気をそらすことができた。

「顔色が真っ青よ」

やっぱり。不健康な青ざめた顔をしているにちがいない。

ヘンリエッタより一歳半下の妹セアラが心配そうな目で見た。「だいじょうぶ？」

気分？　悪い。不安？　そうかもしれない。だいじょうぶか？

ちっとも、だいじょうぶじゃない。

「赤いよりましよ」セアラの双子の妹アルビーナがヘンリエッタの左側でつぶやいた。「顔が赤かったら、ドレスのあんず色とかぶってしまうもの」

ヘンリエッタはいちばん新しいモスリンのドレスを見おろした。父の跡を継いだ男性に――ヘンリエッタが夫にしなければならない男性に――会うというただひとつの目的のために着るよう母に強く勧められたドレスだ。

こうなったら、その遠い親戚があんず色より青色の頬が好きで、会話をするより黙っていることに魅力を感じてくれるよう祈るしかない。

セアラは片手でヘンリエッタのドレスの袖に触れた。「息をするのを忘れないで。相手はただの男なんだから」

ちがう、両手でヘンリエッタの過去と未来を握っている男性だ。

もし屋敷と結婚できるなら、そうしていた。これ以上ないほどひたむきで、献身的で、愛情深い妻となっただろう。残念ながら、若い女性が屋敷と結婚するなんて許されていないけれど。

でも、屋敷を所有する男たちと結婚することは認められている。

汗が耳の横を伝い落ちた。海岸の温かい風がプラムバーンでいちばん広い客間を吹き抜けていくと、ますます不安になった。

「ラヴェンダーを留めてある?」ヘンリエッタの腕を強くつかんで、セアラが訊いた。

ラヴェンダー。そうよ。紫色の小さな花、ラヴェンダーがあれば、いつも気分が楽になった。においをかぐと、たちまち不安が収まるのだ。だから、不安になりそうな予感がして時間があるときには、ラヴェンダーの小さな花束をコルセットの内側にピンで留めておいて、さりげなくにおいを吸いこんで気持ちを落ち着けるようにしている。

とりあえず、そんな予感があって時間があるときには。けれども、今朝は急いで身支度をしたせいで、ヘンリエッタの頭にあったのは大好きなハーブではなく、ひとりの男性と、この日の出会いの重大さだった。

「と、と、留めてないの……」

神経を使ったり、吐き気がこみあげてきたりすると、ヘンリエッタの舌はもつれて思うように動かなくなり、話したい言葉が出てこなくなる。

セアラは唇をすぼめ、姉の腕をそっとつかんだ。

「代わりになるものを見つけないと。きっとミセス・エルズワースならこうなることを見越して、見つけやすい場所にラヴェンダーを置いておいてくれたはずよ」

間違いない。年配の女中頭であるミセス・エルズワースはヘンリエッタがうまく話せなくなることも、気持ちを落ち着かせるものが必要なこともよくわかっている。

ヘンリエッタは客間にいる上流階級の人々のあいだで視線をさまよわせた。そのなかには社交界で最も人気がある未婚の三人の女性たちもいた。三人とも伯爵の登場に期待を寄せ、完璧な装いで待ちかまえている。

それなのに自分ときたら、サテンの靴に胃のなかのものを吐きださないことに全力を注いでいるのだ。

ヘンリエッタは客間の左側で見事な花が生けられているのを見つけると、大きく息を吸って近づいていった。そのなかには、プラムバーンの親切な女中頭が見栄えだけではない目的のために生けてくれた明るい紫色のラヴェンダーの花も見える。

デューベリー伯爵夫人と、いつも落ち着いていて、いつも澄ましている娘のレディ・イザベラのわきを通り、よい香りのする花に近づいた。花は、父が何度も訪れたヨーロッパ大陸から持ち帰った、趣のある小さなサイドテーブルに置かれている。

父のことを思い出すと、ヘンリエッタはほんの少し気持ちが慰められ、かすかな笑みさえ浮かんだ。といっても、きりきりする胃の痛みはやわらがなかったし、不安もなくならなかったけれど。ヘンリエッタはもう一度大きく息を吸いこむと、父が好きだったピンクのシャクヤクも入っている、色鮮やかな花に鼻を近づけた――とたん、くしゃみが出た。

ああ、かんべんして。

ヘンリエッタは扇子を落として、テーブルのはしをつかんだ。

不安はちっともやわらぎそうにない。それどころか、ひどくなっている。ますます。

ヘンリエッタは膝をかがめて扇子をひろい、こっそり鼻を拭いながら、細心の注意を払って結いあげた髪に手をやり、髪型が崩れていないかどうか調べた。どうやらメイドが結った髪は崩れず、ピンは正しい位置に刺さっていたらしい。

さもなければ、革の手袋に包まれた指が三本の金属の先に触れたときに、ピンを抜いてしまわなかったはずだから。

ヘンリエッタは髪に挿してあった温室のバラの茎を抜いた。するとまたくしゃみに襲われて全身が震え、あごをテーブルに打ちつけた。父が亡くなるまえに母に最後に贈った花瓶がぐらついて中身がこぼれそうにさえならなければ、あごの痛みには耐えられただろう。だが、ヘンリエッタは身体を起こして、貴重な花瓶をつかんだ。それでも花瓶が倒れるのは止められず、中身がドレスにこぼれるのを見ていることしかできなかった。

狼狽と恥ずかしさ、それに加えてめまいまで襲ってきた。モスリンのドレスはそれ自体も薄いが、同様に薄いペチコートで裾を縁取られている――それが一パイントはある水をかぶったせいで、びしょ濡れになって透けてしまったのだ。

「みなさま」三十年間プラムバーンの執事をつとめているアルフレッドの声が広い客間に響いた。「アマースト伯爵をご紹介いたします」

もし強烈な罵り言葉を知っていたら、このときこそ使うべきだったろう。

だが、ヘンリエッタは客間の入口に背を向けて立ったまま、目を天井に向け、吸水力の高い布が現れるか、自分をすっぽり呑みこんでくれる穴が床の真ん中に開く奇跡が起こることを願っていた。全身の震えと背筋を伝わる寒さを抑えてくれるものなら何でもいい。

客間は静まりかえっている。十五人ほどの人々がいる集まりではめったにないことだ。きっと話すのをやめて、イングランドに戻ってきたばかりの伯爵を見つめているにちがいない。

ヘンリエッタはふり向いて醜聞にまみれた伯爵を見てみたいという気持ちをこらえた。結婚しなければならない男性をついに目にするこの瞬間を何時間も何日も想像し、眠れない夜を過ごしてきた。

〝黒伯爵〟、悪魔のような男性を想像して。

それなのに、やっとその瞬間が訪れたというのに、ドレスがこんなにずぶ濡れで、髪だってきっと乱れているだろうし、真っ黄色の花粉だらけの格好で伯爵を見る勇気はない。

とんでもなくおかしな娘に見えるにちがいないから。

心臓がどきどきしてきた。ヘンリエッタがサイドテーブルに花瓶をまっすぐ置くと、木のうえに磁器を置いた音が静まりかえった部屋に響いた。

きっと伯爵がとても端正な顔をしているせいで、全員が言葉を失い、伯爵が放つ魅力にとらわれて何も話せないのだろう。

でも、もしかしたら全員が見つめているのは伯爵ではないかもしれない。ヘンリエッタは次第に不安になってきた。

手に汗がにじみ、心臓がいまにもぴたりと止まりそうだ。

〝落ち着いて。深呼吸をしなさい〟

父の声が頭のなかで響いた。父のかすれたテノールが聞こえると、まったく感じていなかった自信がわいてくる。

くしゃみをしてしまうなんて。それも、よい印象を与えたかった男性が部屋に入ってきた瞬間に。

間が悪すぎる。最悪だ。でも、ささいな失敗なんて、伯爵は見逃してくれるにちがいない。

何といっても、〝黒伯爵〟自身がいくつか過ちを犯しているのだから。こちらとしては彼の無作法なふるまいを見逃すことにやぶさかではない。

だが、伯爵は部屋じゅうのひとに見つめられてはいない。少なくとも、ヘンリエッタにはそうは思えなかった。

励ましてくれる父の声が消え、疑問や不安や切羽つまった焦りを表すうなり声が聞こえてきた。

伯爵に求婚してもらわなくちゃ。失敗したら、とんでもない事態になる。

震えながら息を吸いこむと、ヘンリエッタはふり返って家族のほうを向いた。競争相手の娘たちのほうを。そして自分が生まれ育った屋敷を手にした男性のほうを。


サイモン・ビーチャムは地獄の真っただなかにいた。

確かに自分がつくりだした地獄ではあるが、それでも地獄には変わらない。

サイモンは女性だらけの部屋にいる。結婚適齢期の女性たちだ。全員が上流階級での地位を確かにするために、サイモンの爵位と財産を狙っている。

そして、その女性たちを集めたまぬけは自分なのだ。ひどい皮肉だ。自分は〝黒伯爵〟であり、愛人を殺した男なのだから。

最近無実が証明されたにもかかわらず、とりあえず噂はそう伝えている。

それがいまサイモンは妻を娶《めと》ることを望んでいる。もっと正確に言えば欲しいのは跡取りだが、妻なしで子どもを得ることはできないので、結婚相手としてふさわしく、上流階級のなかで必死に結婚相手を探している女性と、まだサイモンの友人という肩書きを捨てずにいる男たちを家令に選ばせて、爵位とともに手に入れたケントの屋敷に招待したのだ。

どうやら彼女たちはとても強く結婚を望み、とても策略に長けた女性たちのようだった。

サイモンは部屋じゅうの人々と同様に、透けそうになっている淡い色のドレスを着た娘の背中に視線を引きつけられていた。

小柄でやや小ぶりな尻だけなら注意を引かれなかったろうが、透けそうなドレスには官能的で成熟した美しく女性らしい曲線が浮かびあがっており、とても視線をはずせない。

紳士であれば、客間の人々の視線を震えている娘の身体からそらし、何かもっと……露わでないものに向けさせるべきだろう。

だが、上流階級の人々がいつも思い出させてくれるように、サイモンは紳士などではない。とりあえず、伯爵という身分をのぞいては。だから、ずっと見つめつづけた。

このうえなくそそられる邪《よこしま》な想像をしながら。

すると、娘は部屋じゅうの視線が自分に注がれていることに気づいたにちがいない。かがんでいた背中がまっすぐ伸びて、こちらをふり返った。

何ということだ。ドレスのうしろが露わになっているとしたら、正面は透けているも同然ではないか。濡れて色が濃くなった肌色の生地は下に着ている白いシフトドレスをほとんど隠しておらず、シフトドレスも濡れて、腿の形が浮きでている。

これまでに悪魔らしい考えを抱いたことがなかったとしたら、いまこそそんな考えを抱いたにちがいない。

全身がかっと熱くなって血潮がすばやく駆けめぐった。こんなふうに感じたのは……久しぶりで、いまにも身体の一部が反応しそうだったが、そんなところは誰にも見られたくない。

サイモンが唾を飲みこみ、何とか視線を上に向けると、彼女はとても繊細な顔をしていた。奇抜な言葉使いをする男であれば、妖精のようだと評しただろう。漆黒の髪で一部が隠れている丸い目は狼狽と恥ずかしさと困惑できょろきょろと動いており、それはまさしく鏡を目にしたときの自分のようだった。

くそっ。

自分は紳士ではないかもしれないが、彼女が見世物小屋の風変わりな動物のようにじろじろと見られるのを許すわけにはいかない。道義心のかけらくらいは持ちあわせているのだから。

サイモンは上等なウールの上着を脱ぐと、彼女のほうに進みでて、細い肩にかけた。

「あ、あ、ありがとうございます」手袋をした小さな手が上着のはしをつかんで自らの身体を包みこんだ。

客間に熱い空気が漂っていなければ、彼女が震えているのはドレスが濡れて寒いからだと片づけただろう。だが、いまサイモンの首筋には汗が伝い、クラヴァットを濡らしている。

サイモンはばかではない。娘は寒くて震えているのではない。怖くて震えているのだ。

この自分が怖くて。

たいていの女性はそうだ。社交界での評判を聞いただけで、平気な顔をしていた女性たちが膝を震わせるし、殺人の噂を耳にすれば、サイモンがいるだけで警戒する。そして、噂なんて気にしないごく少数の女性たちは傷痕に恐れをなす。引きつった皮膚や、ビー玉のような生気のない目の残骸を覆っている黒い眼帯《アイパッチ》に。

サイモンは腰のうしろで両手を組んでいたが、傷痕を覆っている忌々しいシルクの布を直したくてたまらなかった。もうこそこそと話される陰口や、驚いたように見直されることや、視線をそらされることには慣れていた。慣れないのは憐れみの眼差しだ。

恐れ。嫌悪。不快感。完璧なふたつの目にしばしば表れる憐れみや、サイモンの傷痕を初めて見たときにつぶやかれる謝罪の言葉より、その三つのほうがましだった。だが、肩にかけられた上着を直している娘の目にこっそり、すばやく浮かんだのははっきりと憐れみと呼べる表情ではなかった。

確かに一瞬だけ恐怖が浮かんだが、そこにはあからさまな好奇心があった。

「先代伯爵のご令嬢、レディ・ヘンリエッタでいらっしゃいます」

その言葉を聞いて、サイモンは驚いた。執事が近づいてくるのが見えなかったのだ。

「何だって？」とんでもないことを言われた気がする。

「先代伯爵のご令嬢、レディ・ヘンリエッタです」執事は顔を横に向け、まだ震えている娘のほうを身ぶりで示した。

娘は優雅に膝を折ってお辞儀をした。「伯爵さま」

娘のうしろには三人の女性が立っており、次々と執事に紹介されて黒髪の頭を下げた。

「先代伯爵の奥方さまであるアマースト伯爵夫人と、ご令嬢のレディ・アルビーナとレディ・セアラです」

ああ。

これが血を分けた、同じ祖先を持つ女性たちなのか。

先代伯爵に家族がいたことは知っていた。三人の娘がいるが、どれも馬面で痩せっぽちの野暮ったい世間知らずの娘たちだと聞いていたのだ。

あるいは自分が思いこんでいただけかもしれないが。

先代伯爵は少なくとも自分が覚えているかぎりでは、とりたてて特徴のない背の高い痩せぎすの男だった。外見の魅力ではなく、財力で妻を魅了した、爵位を持つ貴族だ。だから、娘たちも父親に似て伯爵令嬢にふさわしい容姿ではあっても、決して魅力的ではなく、とても気持ちをそそられない女性たちだろうと想像していた。

先代伯爵がこれほど美しい女性と結婚していたとは思いもしなかったのだ。しかも、これほど容姿端麗な娘をひとりならず、三人ももうけていたとはまったく想像していなかった。

三人に血のつながりがあるのは明らかだった。三人とも黒髪で肌は白く、頬骨が高くてあごがとがっている。だが、妹たちから離れて立っている娘はふっくらとした唇にブランデー色をした丸い目をしており、その美しさは光り輝いていた——そして、震える手で上着を胸のまえで握りしめながら、その目でまだサイモンを見つめている。

まずいぞ。ぜったいに、まずい。

確かに妻は必要だが、気持ちをそそられるような女性ではだめだ。それに、アンと同じ髪色の女性などはもってのほかだ。必要なのは跡継ぎであって、ベッドの相手ではないのだから。もう学んだ。二度と無茶な真似はしない。伯爵の地位と資産がかかっているのだから。

サイモンは黒髪の女性たちの向こうにいるほかの招待客と、その好奇の眼差しに目をやった――少なくとも、こちらに目を向けてくるだけの勇気がある人々のほうを。たいていは探るようなサイモンの目を避けて、ほかのものに視線を向けるから。たとえば、床とか。

女性たちが顔を背けているおかげで、誰も小麦より濃い色の髪をしていないことがわかった。それどころか、よく言っても愛嬌のある顔立ちの者しかいない。

彼女たちなら妻にぴったりだ。先代伯爵の娘たちの相手は招待した男たちにまかせよう。クリームのような肌をした娘たちなら、きっと求婚のひとつやふたつされるだろう。自分以外の男に。

サイモンはびしょ濡れの魅惑的な娘とその家族に視線を戻すと、執事の紹介を受けて会釈した――その瞬間に、耳をつんざくようなくしゃみの音が響いた。

何なんだ。ブーブーと鳴く子ブタだって、こんなに大きな音はたてないはずだ。

レディ・ヘンリエッタの頬が赤く染まっていなければ、音の出どころが彼女だとは信じなかったにちがいない。こんなに繊細な顔をした女性の肺からあんなに大きな音が出るわけが――また、くしゃみが響いた。レディ・ヘンリエッタが頭のてっぺんから足先までを震わせている。

その考えは間違っていた。

レディ・ヘンリエッタが純粋な生理現象でくしゃみをしているのは間違いないものの、そのせいでサイモンは頭が痛くなった。サイモンは自分たちふたりを困難から――頭痛を引き起こす彼女のくしゃみからサイモン自身を、そして公衆の面前でさらに恥をかくことからレディ・ヘンリエッタを――救うために後ずさり、ベストのポケットに手を入れて白いリネンのハンカチを取りだした。

そしてアイロンをかけて四角く折りたたんだハンカチを差し出すと、青白かったレディ・ヘンリエッタの顔が赤くなり、熟れきった夏のベリーのような色になった。ヘンリエッタがふっくらとしたバラのような唇を開くと、サイモンの胸は締めつけられた。

「ありがとうございます」

ハンカチを受け取るとき、手袋に包まれた手がサイモンの手をかすめた。するとまつ毛に覆われた瞳が上を向いた。壺に入っているインクのように黒いまつ毛だ。たったそれだけで、サイモンの血は騒いだ。見るからに慣れていない誘い方だが、高級娼婦のふるまいかのように官能的だった。

レディ・ヘンリエッタがハンカチを鼻にあてると、また全身を揺るがすようなくしゃみが出た。

「姉の体調がよくないようなので、失礼させていただきます」レディ・ヘンリエッタの右側にいた娘が姉のひじをつかみ、手で触れられそうなほど張りつめた空気のなか、出口のほうへ歩いていった。

サイモンは腰のうしろで手を組み、レディ・ヘンリエッタとその琥珀色の瞳を混乱した頭から必死に追い出すと、花嫁選びという困難な仕事に乗りだした。

2

生暖かい風が居心地のよい母の居間にかかっているレースのカーテンを揺らすと、ヘンリエッタは扇子を取りだして、夕方の空気が熱を持った身体を冷やすのにほんの少し手を貸した。居間は影がいちばん長く伸びる屋敷の北側にあるが、それでも部屋は蒸している。

ただし、責めるような母の目にも原因があるかもしれないが。「レディはくしゃみなんてしないものですよ」

母が事実として言っているのか、冗談を言おうとしているのかわからず、ヘンリエッタはじっと母を見た。どちらにしても母の意図は成功しなかったけれど。

「レディはいびきもかかないわ」セアラが口をはさんだ。

「あなたにも聞こえた？」アルビーナはにやりとすると、背中を丸めて笑いだした。

母はすぼめた唇のまわりのしわが白く浮きでるほど怒り、ふたりをにらみつけて黙らせた。「今朝、わたくしがいびきをかいたかどうかなんて、どうでもいいの」小さな居間のビロードの長椅子から立ちあがり、ヘンリエッタのほうを指さした。「わたくしが腹を立てたのは、あなたがきょうの午後に見せたふるまいです。お父さまの後継者の目のまえで」

そんなふうに言わなくても、あのとんでもない出来事を忘れるはずがないのに。胃はまだばつが悪くてひっくり返っているし、頬は恥ずかしさのせいで赤いし、頭は伯爵が向けてきた無頓着で冷淡な視線を何度もくり返している。

プラムバーンは永遠に手に入らない。くしゃみのせいで。

ヘンリエッタは伯爵が寛大にも差し出してくれた白いリネンを鼻に近づけた。四角く折られたハンカチはペパーミントとセージと革が混じりあったにおいがする。珍しい組みあわせからは、持ち主がハーブに詳しいか……少なくとも、ハーブの効用を必要としているひとだとわかる。

伯爵がけがの後遺症に苦しんでいるのは明らかだけれど、セージは普通は胃腸の病気に使われている。神経への刺激に苦しんでいるのでなければ。もしも、そのことに苦しんでいるのだとしたら——。

「ヘンリエッタ」母が問いつめた。「わたくしの話を聞いているの?」

ヘンリエッタが視線をあげると、母の目はいらだっていた。「お母さまはわたしに何を言わせたいの? わざとくしゃみをしたわけではないわ」

「ええ。花瓶を倒してドレスをびしょ濡れにしたのだって、わざとだなんて思っていませんよ。それでも、花瓶が倒れてしまったのは変わらない」

「でも、とりあえず伯爵はお姉さまの名前を覚えたわ。忘れられない印象を与えたことは誰も否定できないでしょう」セアラはずっと読んでいた本を胸に抱き、破れた表紙の上で両手を広げた。

「ええ、そうね。でも、どんな印象を与えたと思う?」母が尋ねた。「ヘンリエッタは……ヘンリエッタは……」

「フランス人みたいだった?」アルビーナが助け船を出した。

「不謹慎だったわ」母はいちばん近いサイドテーブルからすばやく扇子を取ると、顔のまえであおいだ。「みっともなかったし、安っぽかった。伯爵の娘として、まったくふさわしくなかったわ」

セアラは身じろぎすると、椅子のふっくらとしたクッションに深く腰かけた。「お母さまは少なくとも娘のひとりが伯爵の注目を集めることを願っていたのだし、ひとりは成功したわけだから」

「ええ、でも、あんなことを望んでいたわけでは――」

「伯爵がけがをしていたことは知っていたの？」間違いなく口論に発展しそうだったので、ヘンリエッタは口をはさんだ。「片目が傷ついていたなんて知らなかったわ」

また馬の絵を描いていたアルビーナの鉛筆が動きを止めた。「わたしも知らなかったけど、あの眼帯はかっこよかったわ。何だか悪党みたいじゃなかった？」

「あの眼帯は――」セアラが言った。「目を悪化させないためにつけているのよ。かっこよく見えるかどうかなんて関係ない」

「どちらにしても、あれで伯爵についての噂の真実味が増したってことでしょ」アルビーナが言い返した。「今朝だって、レディ・ジョージアナは伯爵がどんな方法で愛人の命を奪ったのか、ずっと話しつづけていたんだから」

「どんな方法だったの？」セアラが訊いた。

ヘンリエッタは答えを聞きたくなくて顔をそむけた。噂については耳にしていた――知らないひとなんていない。最新の噂で、招待客たちが話したがっている唯一の話題なのだから。

そしてヘンリエッタには最も聞きたくない話だった。伯爵の無実は証明されている――といっても、上流社会の人々が判決に重きを置くわけではないけれど。伯爵の主張を裏付ける証人がやっと現れはしたものの、裁判に関わる人々はたやすく左右され、買収されて真実とは逆の判断を下すことも多く、上流階級の人々の多くは伯爵の無実を疑っているのだ。それに、たとえ殺人のような容疑であっても、被害者が伯爵の愛人のような下流階級の人間である場合、貴族はめったに告発されないという常識も、伯爵の無実が疑われるさらなる要因となっている。

アルビーナが部屋じゅうに響く声で答えた。「毒よ、もちろん」

「ばかばかしい。レディ・ジョージアナのくだらない話を聞くくらいなら、あなたの耳は箱にしまったほうがよさそうね」母は音をたてて扇子を閉じた。「忘れないように言っておきますけれど、伯爵はあなたたちのお父さまの後継者なのですよ。レディ・ジョージアナの話はわたくしたちの名前をも汚しているのです。伯爵はデヴィアの分家筋の人間かもしれないけれど、アマースト伯爵なのですからね」

「ええ、でも〝黒伯爵〟でもある」セアラが付け加えた。「彼については伯爵を継ぐまえからいろいろ言われていたわよね。愛人が遺体で発見されて、その数週間後に彼が大陸へ旅立ったのは誰でも知っている話でしょ。無実のひとが逃げたりしないわ」

「ばかなことを言わないで。彼の無実は法廷で証明されたのよ。どんな理由で大陸へ行こうが、彼の勝手なの。わたくしたちが文句を言う筋合いではないでしょう。何といっても、彼は伯爵なのよ。それも、まだ跡継ぎがいない伯爵なの」母が言った。

「妻を必要としているのよ」

「お姉さまならうまくやれるかもね……無実の男性と」セアラはヘンリエッタのほうを身ぶりで示した。

「まだ嫌われていなければ、うまくやるつもりだけど」ヘンリエッタは首をふった。

「だめね。わたしの印象はもう決まってしまったでしょうし、とてもよい印象だとは思えないもの」

セアラが鼻を鳴らした。「ばかなことを。それどころか、伯爵はうっとりしていたはずよ」

「うっとりしていた？」ヘンリエッタは異を唱えた。「伯爵の態度が冷やかだったのを見たでしょう？」

「いいえ。そんなふうには見えなかった。わたしが目にしたのは、誰も何もしてくれなかったのに、伯爵だけがお姉さまに上着を差し出してくれたところ。それに、お姉さまのくしゃみが止まらなかったら、ハンカチも貸してくれたでしょう。それこそ紳士のふるまいじゃなくて？」

「確かに、紳士ね。でも、わたしに結婚を申し込む気がありそうだった？　ないわよね」ヘンリエッタは長椅子のうしろにクッションを放った。父が所有していた屋敷と別れる心づもりをしたほうがよさそうだ。伯爵が自分を花嫁候補からはずしたのは明らかで、自分を見てもまったく表情を変えなかった伯爵の顔を思い出すと、ヘンリエッタの身体は震えた――冷たい水をかぶらなくても。

母が衣ずれの音をさせながら、椅子のあいだを縫うように歩いた。「お父さまは遺言で、あなたたちの持参金とわたくしのためのお金をたっぷり遺してくださったけれど、伯爵との結婚がまとまらなければ、プラムバーンは取られてしまうのよ」

「わたしたちに遺された屋敷はローズハーストよ。お父さまはわたしたちがそこで快適に暮らせるよう準備をしてくださったわ。限嗣《げんし》相続からはずれているし、この五年間平和に暮らしてきたじゃない」セアラは読んでいた本の背を親指でなぞった。「プラムバーンが必要な理由なんてないわ」

母が頭を傾けると、耳たぶにぶら下がっている真珠のイアリングが揺れた。「でも、ローズハーストは――」

「――プラムバーンじゃない」ヘンリエッタはセアラを見つめ、紙に覆われた漆喰の壁でできた先祖伝来の屋敷に感じている愛着や絆を、妹に理解させようとした。「お父さまは別邸のローズハートで暮らしたことがなかった。廊下を歩いたことさえなかったのよ。あそこにある本だって読んだことがなかった」それにヘンリエッタがうまく話せなかったときに、涙が渇くまで膝にのせ、椅子に腰かけていたこともない。

「思い出はすべてこの屋敷にあるの」

アルビーナはスケッチブックに鉛筆を走らせた。「伯爵もね。それにここにはほかにも三人のすばらしいレディたちがいて、全員が伯爵から求婚されようと張りあっている」母を鋭い目で見つめて続けた。「彼女たちが本心から望んでいるかどうかはともかくとして」

母は扇子でヘンリエッタがすわっている椅子の背を叩いた。「レディ・ジョージアナにも、お父さまの遺産にふさわしくない残りの愚かな娘たちにも、プラムバーンを取られてたまるものですか。だから、あなたたちはぜったいに伯爵の注意を引いて、関心を持ってもらって、ずっと彼のそばにいなさい」

セアラが本を椅子に置いて立ちあがった。「伯爵のそばにいることはできるけど、だからといって伯爵に選ばれるとはかぎらないし、わたしは選ばれたくないわ。プラムバーンが手に入ろうが何だろうが、夫にするほど魅力的ではないもの」

魅力的じゃない？　ヘンリエッタは妹のセアラに目をやった。アルビーナとは双子だけれど、それほど似ていない。セアラはどうして伯爵を魅力的でないなんて言うのだろう？　少なくとも、興味を引かれる男性でしょう？

眼帯をつけているにもかかわらず、伯爵はヘンリエッタを引きつけた。彼には謎めいた雰囲気があった——冷ややかな態度は噂に隠された真実や、秘密や、目が傷つく原因となった出来事によってもたらされた弱さから身を守る盾だと思うのだ。

そう考えると、伯爵の魅力がさらに増した——短く刈ったコーヒー色の髪や、きれいにひげを剃っているにもかかわらず、四角いあごには黒々としたひげが生えるのだろうと思わせる黒っぽい頬の影に加えて。そして無事なほうの目はまるで失ってしまった片割れを補うかのように、客間の向こうからヘンリエッタを鋭い視線で貫き、その色を澄んだ栗色から魅惑的なクルミ色へと変えていた。

伯爵の見定めるような視線と、濡れたドレスを着て髪も乱れていた自分を見て落胆したらしく唇が下がったときのことを思い出すと、ヘンリエッタは鼓動が速くなった。

「伯爵はすてきよ」アルビーナは描き慣れた様子で、じっくりと手を動かしながら付け加えた。「でも、サターフィールド卿ではない」

「もちろん、ちがうわね」

ヘンリエッタは立ちあがった。せめて母がまだ握りしめている、脅すような扇子からは逃れたかったのだ。

「でも伴侶を選ぶときには、愛情も魅力もたいした問題ではないわ。これは何といってもプラムバーンがかかっている問題なの。あなたたちのお父さまの屋敷がかかっているのよ。ふたりともお姉さまを勝たせたいと思わない？」

アルビーナとセアラは目を見あわせた。ともに生まれたふたりには、ヘンリエッタには理解しきれない結びつきがあるのだ。

「ここはただの住まいでしかないのよ、お姉さま」セアラが声を落として言った。「お父さまがこの屋敷に住んでいたときのよい思い出はあるけれど、わたしたちの愛着はお姉さまやお母さまほど強くないの」

ヘンリエッタは胸が締めつけられた。何という罰あたりなことを言うのだろう。

「でも、ここにはお父さまの思い出が詰まっているでしょう？　家具の選び方や図書室の壁に並んでいる本を見れば、いまでもお父さまを感じられるわ」

アルビーナは寂しそうな目で姉を見つめた。「お父さまのお気に入りはお姉さまだったから。わたしたちはお姉さまみたいには溺愛されなかった。お父さまにとっていちばん大切だったのはお姉さまだったのよ」

「それは本当ね」母がぽつりと言った。「あなたはお父さまにいちばん似ていたから、かわいがられていたのよ」

確かに、ヘンリエッタは父に似ていた。ともに吃音があったせいで、ふたりのあいだに絆が生まれたのだ——その絆があるからこそ、この屋敷を守ろうと決めたのだ。今朝の失敗なんて気にするものですか。ヘンリエッタは身体を起こして背筋を伸ばした。「そういうことなら仕方ないわ。プラムバーンはわたしが救わないとならないようね。とにかく伯爵の興味を引いて、何とか今朝の大失敗を忘れさせるから。といっても、わたしの話し方には興味を持たせたくないけれど」

とても無理な話だった。今朝の失態を伯爵に忘れさせるより、ブタに羽が生えるほうがあり得そうだ。

アルビーナは床に視線を落とした。母は天井を見あげた。そしてセアラは本の表紙に浮きでている金色の文字をじっと見つめている。

ヘンリエッタと同じように、計画が成功する見込みはないと思っているのだ。絶望的なんてものじゃない。滑稽な計画なのだ。

セアラが背筋を伸ばして目を輝かせた。「伯爵に今朝のことを忘れさせるより、思い出させるようにしなくちゃ」

「でも、今朝のことで思い出してほしいことなんてないわ」ヘンリエッタは眉をひそめた。「何もね」

「あら、そうかしら」セアラが言った。「伯爵がお姉さまの身体の線をすぐに忘れてしまうとは思えない」

「セアラ・エリザベス！」母が叫んだ。

「本当のことですもの。今朝のことで伯爵が何よりも覚えているのは、お姉さまの身体よ。明日はお姉さまに新しいドレスを着せて、伯爵にお姉さまを忘れられない理由をはっきりと思い出させましょう」

その提案は決してとっぴな考えではなかった。フランス人の仕立屋がヘンリエッタの豊かな曲線を強調すべきだと主張して特別につくった新しいドレスを着て、今朝味わった屈辱を再現することにならなければ。

「本当はあのドレスを着るつもりなんてなかったの」ヘンリエッタは正直に打ち明けた。「少し――」

「フランス風すぎる？」アルビーナがにっこり笑って訊いた。

「肌が出すぎているから」

「ばかなことを言わないで」母が扇子をてのひらに打ちつけ、黒い眉をひそめて、居間を歩きながら言った。「あのドレスは結婚相手をつかまえるためだけに注文したのですよ。それがあなたの義務なの。あなたの美貌で伯爵を誘惑するのよ」

「でも、伯爵が外見より知性を重んじる方だったら？」

ヘンリエッタは器量がよく、男性に非常に好まれると仕立屋が太鼓判を押した身体つきをしていたが、本人は表面的な魅力より知性を重視していた。

だが、妹たちと母はちがうらしい。三人は笑いながら首をふり、アルビーナは鼻さえ鳴らした。

「本気じゃないわよね」アルビーナは姉の腰に腕をまわした。「男性が知性より美しさを好むことは誰でも知っているわ」

「その点については、わたしでも同意せざるを得ないわね」セアラがしぶしぶ言った。「お姉さまもわたしも逆ならいいのにと願っているけれど、男は単純な女が好きな単純な生き物なのよ」

ヘンリエッタは妹の頭越しに、壁にかかっている大きな絵を見た。アルビーナが絵を描きはじめた頃の作品のひとつで、馬がよく草をはんでいる、プラムバーンの東側にある牧草地の絵だ。単純な情景で、色鮮やかな野花が咲き乱れ、陽光がその姿を明るく照らしている。父はアルビーナの創造力を非常に誇り、絵の具が乾くやいなや、すぐに額に入れて飾るようにと強く言ったのだ。

ヘンリエッタの目に涙が浮かんだ。あの牧草地も、花も、この絵さえも、すべて相続によって伯爵のものになってしまった。自分が男だったら、すべて自分のもので、こんな相談なんてしなくてもよかったのに。野原を自由に歩きまわって、効能があって魅力的なハーブを探すことができたのに。

「わたしのハーブに対する関心はどうかしら？」ヘンリエッタは考えを口に出してい

た。「ほかの女性たちとのちがいにならない？　リボンとかそういうもの以外に興味を持っているところは——」

「ちがいにはなるけど、好ましく思われないでしょうね」セアラは悲しみに満ちた目で姉を見つめた。「実証ずみの方法に頼ったほうがいいわ、お姉さま。お母さまとアルビーナがお姉さまの魅力をきっと最大限に引きだしてくれるから」

アルビーナが艶のある巻き毛を揺らしてうなずいた。

ヘンリエッタは急に胃が重くなった。自分の強みは植物に関する知識で、リボンのことなんて興味がないし、さらに悪いことには気を引く術《すべ》なんてまったく知らない。

「でも、わ、わ、わたしは——」

「精いっぱい応援するわ」アルビーナが請けあった。「ぜったいに伯爵の目をお姉さまに釘づけにしてみせる」

「そ、そ、それこそ、わたしが心配していることなのよ」ヘンリエッタはつかえながら言った。「今朝起きたことを見たでしょう。わたしは——」

「あなたはきれいな顔をしているわ」母が言った。「それに、持参金も多い。言うまでもなく生まれはいいし、親類縁者は理想的だし、評判には傷ひとつついていない。ほかのひとを選んだりしたら、伯爵はばかよ」

確かに、ばかかもしれない。でも、まったく浅はかとも言えないだろう。女性との戯れが好きなら。

「セアラ、あなたは?」ヘンリエッタは尋ねた。「あなたも助けてくれるの?」

「もちろん。お姉さまがまた緊張に負けないように、香りのよい花束をつくって、忘れずにコルセットの内側にピンで留めてあげる。だって、もう二度と伯爵のまえでお姉さまを笑いものにしたくないもの」セアラは姉を安心させるように微笑んだ。

母は音をたてて扇子を開き、決然とした目でヘンリエッタを見た。「いいこと?プラムバーンの次の女主人はあなたなの。わたくしたちの手で、必ず実現させてみせます」

サイモンはロンドンで最も人気のある醜聞紙《ゴシップ》の前日の記事をじっと見つめた。図書室の机に広げた新聞を、一本の蠟燭のかぼそい炎が照らしている。サイモンの過去は小さな活字にさえなっていないようだった。

だが、新聞をめくると、次の紙面にはサイモンの名前が大きく載っていた——隣にはおぞましい通称も載り、どうしても安らかに眠らせておけないある人物の死について、詳細が記されている。アン……。抱き起こしたときの、あのぐったりとした身体を思い出す。自分を裏切った女性に覆いかぶさって泣いていると、折悪しく彼女を訪ねてきた者にその姿を目撃されたのだ。

サイモンが新聞を丸めて暖炉に放ると、消えかけていた火があっという間に呑みこんだ。どうやったら噂を消せるのだ？　アンの姉を証言台に立たせるのに五年間もかかった。その五年で事実は嘘にまみれ、評判は落ち、爵位は醜聞で汚された。

そして醜聞がさらに勢いづいているのは、間違いなく弟のフィリップの仕業だった。どうにかして兄をアンと同じ運命に追いやれば、アマースト伯爵の地位は莫大な資産とともにフィリップのものになる。

だからこそ、サイモンはぜったいに妻を娶ると決めていた。地に落ちた名誉を挽回し、跡継ぎをもうけて強欲な弟に伯爵を継がせないようにするには、強力な縁故があり、評判に傷ひとつついていない女性が望ましい。

サイモンはこめかみを揉んで、頭のなかで膨らみつつある圧力をやわらげようとした。ひどい痛みのせいで、ほかのことが考えられない。

ただひとつを除いては。

どんなに忘れようとしても、あの琥珀色の目を記憶から消し去ることができない。自分と同じように好奇心にあふれた、どこまでも透きとおっているような目にじっと見つめられているのだ。

さらに困ったことには、その瞳の持ち主は無垢な娘にあるまじき肉体を持ちあわせていた。自分の目のまえに立ち、薄いドレスで震えていた彼女の姿が思い浮かぶと、気がそぞろになり、ましてや眠ることなどまったくできない。夢のなかで彼女が待ちかまえ、その美貌で嬲《なぶ》ってくるのだ。必ずや味わうことになる苦しみを知らなければ、きっと夢で彼女に会い、身体の中心を硬くして目を覚まし、右手でその昂《たかぶ》りを鎮めたにちがいない。

サイモンは何とか屋敷にいるほかの女性たちに注意を向けようとした。懸命にそれぞれの名前を思い浮かべたが、無駄だった。誰にも興味を抱けなかったのだ。

それこそが、ほかの女性たちが理想的な花嫁候補である理由だった。レディ・ヘンリエッタ・ビーチャムを妻にするつもりはない。これまで三人の黒髪の美女を信じては、そのたびに傷つき、裏切られ、嘲《あざけ》られてきたのだから。

レディ・ヘンリエッタのことは頭から消さなければ。彼女を相手にしても、惨めになるだけだ。もう、惨めな思いをするのはたくさんだ。

サイモンはぱちぱちと音をたてる蠟燭を持ち、息抜きをするために廊下へ出た。ブランデーでもラム酒でも、何でもいい。先代伯爵は屋敷のあちらこちらに酒を隠しているにちがいない。何といっても、三人の娘の父親だったのだから。

廊下の鉛ガラスの窓から月光が射しこんで、床や壁沿いにずらりと並ぶテーブルの鉤爪の脚を銀色に照らしているおかげで、サイモンは爪先をぶつけずにすんだ。

とりわけ捻じれているように見える椅子の脚のまえを通りすぎたとき、ドアがきしむ音が聞こえ、サイモンは足を止めた。そして小さな足音が聞こえると、蠟燭を吹き消し、隠れられる場所を探した。

もう午前三時すぎだ。こんな真夜中に部屋を出る者などいない――またたく間にテムズ川のこちら側で最悪になりつつある頭痛に苦しむ男を別にすれば。

サイモンは真鍮の燭台を置いて壁に背中をつけ、廊下が交差する角から少しだけ顔をのぞかせた。もしも分別をなくしていたら、幽霊が、白いモスリンのドレスを着たぼんやりとした影が暗い廊下を歩いていったと断言しただろう……ただし、絨毯を歩いていたのは二本の脚だったが。

白くて小さな手が庭へ出るドアを開けた。

サイモンはあたりを見まわした。そして人影を見失わないようにあとを追い、出口の掛け金をあげて冷たい夜気のなかへ出た。

白い影は草の上でかがみこんでいた。夏の明るい満月の青白い光に照らされて、まるで光を放っているように見えた。その姿はこの世のものとは思えず、まるで妖精のようで、愛情をこめているかのごとく、華奢な手で自らが選んだ枝をなでている。

彼女は花をひとつ、またひとつと、わきに置いた小さなかごに入れていった。しばらくのあいだサイモンの頭痛はやわらいでいたが、風がやむと、鍛冶屋が槌で鉄床を叩いているような鋭い痛みがこめかみを襲い、サイモンは思っていたより激しく息を吸いこんだ。

するとかの女が顔をあげ、枝がとがった低木のうしろに立っているサイモンを見つけた。

「伯爵さま」彼女が喘ぐように言った。そのときになって初めて、サイモンはこんな時間に自分をたぶらかした人物の正体に気づいた。

何ということだ。

彼女の顔を見たとたん、全身の血が騒ぎ、鼓動が速くなった。屋敷に滞在している娘はほかにもいるのに、よりにもよって彼女だとは。何とか忘れようとしているのに。頭と、身体のある部分が疼いているのだ。まったく異なるふたつの理由で。

「あ、あ、あの――」彼女はかごをちらりと見ると、大きく見開いた目でサイモンを見た。

凄まじい痛みがふたたび頭を走り、サイモンは歯を食いしばった。そして頭の横を強く抑えた。眼帯のシルクのリボンがやわらかいこめかみに食いこんでいる。

「だいじょうぶですか？」彼女の声はささやくような大きさだったものの、サイモンにはまるで耳をつんざく叫び声に聞こえた。目の奥で星が散った。

手の上にひんやりとした手が重なった。サイモンが目を開けると、心配そうな目が見つめている。「あ、あ、頭が痛むのですか？」

彼女の息は甘く、サイモンは鼻をくすぐられて、少しだけ痛みが楽になった。それでも瞼を閉じて小さくうなずき、彼女に倒れかからないよう祈ることしかできなかった。

「い、い、痛みがやわらぐものを持っています」手の上に重なっていた彼女の手が離れると、ひんやりとした感触と安心感もともに消えた。

サイモンは喉が渇き、唾を飲みこんだ。

「はい、これをかんでください」彼女は柑橘系のにおいがする緑色の葉を二枚持って戻ってくると、サイモンに見えるように掲げてみせた。

サイモンはこめかみから手を離して、彼女が差し出した葉を指でつまんだ。

「さあ、かんでください」彼女は促した。「楽になります。ほ、ほ、保証しますから」

葉を口に含むと舌の上に苦味が走り、サイモンは手をこめかみに戻した。とても耐えられない痛みだ。

彼女の手が額をなで、冷たいてのひらがサイモンの手に重なった。「かみつづけてください。すぐによくなるから」

サイモンは重なっている手の下から左手を抜くと、痛みをやわらげようとしている彼女の手を取ってこめかみにあてた。冷たい手をあてただけで痛みが軽くなり、指が触れただけで頭痛が治まった。

サイモンは彼女に勧められた葉の苦味を飲みこんだ。舌の上の葉はまだ形を残していたが、身体をふたつに折りそうになるほど辛かった痛みはすでにやわらいでいる。

サイモンは手と手を重ねたまま立ち尽くした。そよ風が庭の草木とレディ・ヘンリエッタのお下げにした黒髪を揺らし、わずかにほつれたシルクのような髪が彼女の顔をくすぐっている。数分がたった――五分なのか十分なのかわからないが、そんなことはどうでもいい――重要なのは、激しい頭痛が消えてほっとできたのは、目のまえに立っている小柄な女性のおかげだということだけだった。レディ・ヘンリエッタに植物の知識がなかったら、まだ身体を折りまげて苦しんでいただろう。

サイモンはヘンリエッタの手首を持つと、指を唇まで持っていき、やわらかい指先にキスをした。頭痛から救ってくれたことに対して、言葉以上の感謝の気持ちを表したのだ。サイモンは花のような甘い香りを吸いこみながら、手首と――疑問を解きはなった。「こんな時間に、こんな場所で何をしているのです？」静寂のなかに、サイモンの声が響いた。

ヘンリエッタは息を呑んで後ずさり、滑らかな石敷きの小道に目を走らせた。「そ、そ、その……」さまざまな草花でいっぱいになっているかごに視線を落とした。「わ、わ、わたしは……」すべすべとした額にしわを寄せ、サイモンの顔を見あげた。「何かをしてもらったら、たいていのひとはお礼を言うものですわ」

「たいていのひとはこんな時間には寝ているものです」

「でも、あなたはここにいる」

率直な答えを聞いて、サイモンの唇がぴくりと動いた。「ええ、そうですね。あなたもここにいる。ひとりきりで。こんなに遅い時間に。誰だって理由を訊きたくなるでしょう」

ヘンリエッタはあごをあげた。「ね、ね、眠れなかったからです」

サイモンはヘンリエッタの顔をじっと見つめ、目の下にうっすらと隈があることに初めて気がついた。優美な顔立ちに疲れの色がわずかに見える。ヘンリエッタが頭痛をやわらげてくれたように、自分も指先でその疲れを消してやりたい。

サイモンは頭をふった。彼女もほかの女性たちと——母や、父の愛人や、アンと——同じであり、黒髪と美しい顔立ちの裏に不埒な秘密を隠しているにちがいない。これまでは美しい女性の魅力の虜になってきた。でも、もう二度とくり返さない。

「ぼくだったら、眠れなくても、庭へ出たりしませんよ——急き立てられるように庭へ向かっていくひとを追いかけるのではなければ」レディ・ヘンリエッタは後れ毛を耳にかけた。艶のある髪が月光を浴びて青く輝いている。「身体の不調に悩んでいるのは伯爵だけではありません」ヘンリエッタは腰をかがめてかごを持った。

本当だろうか？　彼女はどうしてこんな時間に起きていたのだろうか？　どんなふうに身体がすぐれないのだろうか？　彼女は美しい。惑わされるほど。そして最初の質問を巧みにはぐらかして答えなかった。サイモンはヘンリエッタをじっと見た。頭痛はやわらぎ、こめかみの疼きも不快な程度に治まった。彼女がハーブの知識を持っているのは明らかだが、それなら夜ではなく、明るい昼にハーブを摘めばよいではないか。

隠したいことでもないかぎり。

「それでは、月明かりを頼りに、ハーブを探すのですか？」サイモンは尋ねた。

「ええ、必要なときは」ヘンリエッタは両腕でかごをしっかり抱えた。「ハーブは摘みたてがいちばん効きますから」

サイモンは反論できなかった。頭痛が楽になったのが、その言葉が真実だという何よりの証拠だ。

それでも……。

「身体の不調を治すのに、かごいっぱいのハーブが必要なのですか？」頭痛は中くらいの大きさの葉二枚で楽になった。だが、レディ・ヘンリエッタのかごは確かに小さいが、色とりどりの花と草であふれそうになっている。

ヘンリエッタは集めたハーブに目をやってから、またサイモンに視線を戻した。

「プ、プ、プラムバーンにはしばらくきていなくて。だから、蓄えがなくなってしまったので、摘んでおかないとならなくて」

先代伯爵の娘であれば、屋敷を密かに使っていてもおかしくはない。だから、レディ・ヘンリエッタが屋敷に詳しかろうが、ハーブを保管していようがかまわない。だが、どうしてハーブを摘んでおこうと思ったのか、その理由が知りたかった。いま、こんな真夜中に。

「体調はよく悪くなるのですか？　眠れなくなる？」

「あなたは？」ヘンリエッタが訊いた。

サイモンは彼女の足もとのハーブを見た。「そういう個人的なことは教えたくないな」

「わたしもです。でも、もしあなたがそうなら――眠れなくてお辛いなら――治す方法を探すお手伝いができます。頭痛はよくある不調ですから、簡単に――」

「どうやって、そんな知識を得たのですか？」

ドレス、靴、噂話――それがサイモンの知っている女性の大半が好む話題だった。アンもそんな話ばかりして、くだらないことを話しつづけた。関心があるのは誰が何を着ていたかということばかりで、サイモンは退屈のあまりおかしくなりそうで、ついにはキスをして口を封じ、もっと楽しいことにアンの気持ちを向かせたものだ。

だが、レディ・ヘンリエッタはそんなくだらない話は好まないらしい。

「本です」レディ・ヘンリエッタの声は平板で元気がなかった。サイモンは顔をあげた。

眉を寄せ、唇を固く結び、頬は赤くなっている。目を伏せ、あごを胸につけてサイモンの横を通りすぎた。

当然ながら、そのままレディ・ヘンリエッタを行かせるのが真っ当なふるまいだった。自分は男で、ナイトドレスしか着ていない魅力的な女性と庭でふたりきりなのだから。こんな状況を誰かに見られたら、結婚しないと決めている女性に求婚するはめに陥ってしまう。

それなのに――サイモンは手を伸ばしてレディ・ヘンリエッタのひじをつかんで引

き止めた。ヘンリエッタは疑問と不安で曇っている目でサイモンを見つめた。

「頭痛が楽になったのが、ぼくが知らないことをあなたが知っている証拠だ。また頭痛が起きても、あなたがどんなハーブを使ったのかわからないし、あの葉をどのくらいの頻度で口にしたらいいのかもわからない」

不安が消えて安堵が広がり、彼女の目がやさしくなった。ヘンリエッタは首をかしげた。「ナツシロギクです」

ヘンリエッタのうしろにはプラムバーンの片側の石壁から反対側の石壁まで庭が広がっている。そんなふうにハーブの名を教えられても意味がない。サイモンには植物の区別などまったくつかないのだから。

ヘンリエッタはサイモンの手がつかんでいる腕を見つめている。手のなかにあるヘンリエッタの華奢な関節はとても小さくて弱々しく、サイモンの鼓動は速くなった。

サイモンが手を離すと、ヘンリエッタはうしろに広がっている、真ん中が黄色い小花のまえでしゃがみこんだ。「ナツシロギクです。頭が痛くなりはじめたら、葉を二枚かんでください」

サイモンがヘンリエッタの隣で腰をかがめると、柑橘系の葉のにおいがほのかに漂った。

ヘンリエッタは、よく似ているがナツシロギクより葉が小さい別の花を指さした。

「これはカモミール。間違えないでくださいね。カモミールは害はないけれど、頭痛がすぐによくなる効果もありません。でも、花には気持ちを安らげる効果がありますから」

「花を食べるのですか？」

ヘンリエッタは首をふって立ちあがった。「食べるのではなく、飲むんです。お部屋にお茶を届けさせますね」

サイモンも彼女の隣で膝を伸ばして立ちあがった。「こんな時間に？　使用人はもう寝ているでしょう」

「あら。そうでした。でしたら、お、お、お茶をいれたら、わ、わ、わたしが……図書室へお持ちします」

「あ、あ、あなたがお茶をいれてくれるのですか？」

「は、は、話すのはへたでも、カ、カ、カモミールのお茶くらいならいれられます」

サイモンは自分でもよくわからない思いに襲われた。自分を助けたいというヘンリエッタの献身、誠実さと気遣いだけが浮かんでいる琥珀色の瞳、銀色の月光を浴びてこの世のものとは思えないほど輝いている透きとおった肌。サイモンの胸に抑えきれないほどの感謝があふれてきた。

抑えきれない欲望とともに。

サイモンは一歩さがり、うしろのドアのほうを向いた。そして、ふり返って言った。

「お願いします」

3

夜明けまえに降ったにわか雨の清々しいにおいと、控えの間の窓から射しこんでくる遅い朝のかすんだやわらかな日の光はとても気持ちよく、冷えきってはいるが居心地のいい部屋に響く緊張感あふれる不協和音と、とても対照的だった。

「何をしたですって？」セアラは信じられないという様子でそばかすのある顔をゆがめ、詰め物がしっかり入ったお気に入りの長椅子で身体を起こした。

「頭痛に効く花を教えて、いちばん効果のある使い方を伝授してあげたのよ。ひとの半分しか思いやりがないひとでも、同じことをしたと思うわ。ひどく痛そうで、すごく辛そうだったから」あの伯爵があんな姿を見せるなんて、どれだけ苦しかったことか。

昨夜、伯爵の服にはしわが寄っていたが、昼と同じ服装のままだった。首巻き《クラヴァット》はよれよれだったもののシャツのなかに収まっていたし、ベストも上着も、ブーツさえもきちんと身に着けていた――まるで、これから夕食をとってベッドに入るかのように。

でも、ヘンリエッタがシーツを押しやって庭へ出たときにはもう真夜中を過ぎていた。

ヘンリエッタは腕組みを解き、いちばん近くにある、ひだ飾りのついたクリーム色のクッションを椅子から取って胸で抱えた。

あの遠縁にあたる伯爵の頭痛の原因が何にしろ、痛みは相当ひどかったはずだ。ナツシロギクをかむまで、意識を失いそうになっていたのだから。

それでも、頭痛のせいで感覚が鈍ってはいなかった。伯爵はプラムバーンの広大なハーブ園にヘンリエッタがいたことを警戒していた。でもヘンリエッタのほうこそ、夜明けまえのあんな時間に見つけられてぎょっとしたのだ。

ヘンリエッタはひどく驚き、うまく話せなくなってしまった。あまりにびっくりしたせいで動揺してしまったのだ。あんな時間にプラムバーンの廊下を歩いているひとなんて誰もいない。自分以外には。自分が歩くのだって、ハーブが必要なときだけだ。

眠れなかったのは、伯爵に紹介されたときの惨めな姿が何度も頭に浮かんだから。伯爵の厚い唇は固く結ばれていた。茶色い目はヘンリエッタからそらされ、ほかの女性を探して部屋をさまよっていた。そしてびしょ濡れになったドレスを見て、いやそうに顔をしかめたのだ。

あのときの伯爵の反応を思い出すと、昨夜と同じように胃が痛んだ。昨夜、ヘンリエッタが自分用に保管してあるハーブを取りにいったのは、小さなテーブルのハーブを入れてある木の引き出しが空だったからだ。

父が亡くなってからはプラムバーンにくることができず、今回の訪問は五年ぶりだった。ハーブがまだ残っていると期待するほうが滑稽で、だからこそいちばんよく使う調合を少し持ってきていたのだ。

そのすべてがなくなっていた。

誰かが持ちだした。いや、ほかの場所に置きかえたのかもしれない。おそらく、もっと簡単に取り出しやすい場所へ。ただし、それがどこなのかはわからないけれど。

早朝からメイドを煩わせたくなければ、自分で代わりのハーブを摘んでくるしかない。父はヘンリエッタの植物好きを応援し、娘が使えるようプラムバーンに広いハーブ園をつくってくれた。ありがたいことに、ハーブ園はヘンリエッタがいないあいだもきちんと世話をされていた。カモミールもラヴェンダーもカノコソウも月明かりに照らされた石敷きの小道の縁沿いにあった。そして伯爵も痛みに顔をゆがめながら、小道の影のなかに立っていたのだ。

思いがけず伯爵が現れたことでヘンリエッタは不安になったが、苦しんでいる彼をそのまま立たせておくわけにはいかなかった。それに、また頭痛に襲われたときに、どうやって痛みを癒したらいいのか、教えずにはいられなかった。

セアラはうなり、両手を握りしめて天を仰いだ。「ハーブの使い方を教えてしまったなんて。もうお姉さまの手助けがいらないじゃない」

「そうね。でも、わたしの助言が役に立つでしょ」

セアラがてのひらで額を打つと、ふたりの部屋を分けている小さな次の間に音が響いた。「そうなったら、伯爵はもうお姉さまを必要としてくれなくなるわ」

「教えなければよかったと言うの？」ヘンリエッタは目を大きく開いて、次の間の反対側にいるセアラを見た。

「ええ。お姉さまは伯爵の関心をひとり占めできたのよ。少なくともこの屋敷でほかの三人の女性たちがそう願っているなかで。次に頭痛が起きたら、伯爵はお姉さまに救いを求めたはず。そうしたら、また伯爵と話せたのよ。ふたりきりで」

ヘンリエッタは胸を締めつけられ、クッションを握りしめた。「そうね。でも、変わり者の娘だと思われたはずよ」

「また頭痛を治してあげるまでのことよ」セアラは自信たっぷりに言った。

ヘンリエッタはクッションを妹に投げつけると、ナイトドレスを身体に巻きつけて、開いた窓から入ってくる朝の冷たい空気から身を守った。「あなたのことだから、気前よくハーブについて教えて差しあげたことより、知識を披露したことを怒るのかと思ったわ」

セアラは投げつけられたクッションをほかのクッションのうしろに入れると、姉のほうを向いて目を険しく細めた。「ええ、怒っているわよ。でも、失敗はひとつずつ指摘したほうがいいと思ったから。伯爵はお姉さまがハーブに詳しいことについて何かおっしゃった？　それとも、本当に正しい知識なのか疑った？」

「おっしゃったわ」ヘンリエッタは肌がぴりぴりするような声で答えた。

「それで、何て答えたの？」

「本当のことよ。本で知りましたって」

セアラはお下げにした髪を肩にかけると、厳しい目で姉を見た。「そのことについては、きのう言わなかった？　何も話さず、何も知らないふりをしたほうがいいと――」

「良心に背けと言うの？　伯爵の頭痛を治さなければよかったと言うの？　セアラ、今度あなたの具合が悪くなったら、助けはいらないと言ってね。ハーブの知識を決して使わないように」ヘンリエッタが鼻を鳴らして窓の外に目をやると、ガチョウの家族が芝生を歩いていた。お節介な妹たちのことなど、何も気にしていないかのように。

セアラは鼻を鳴らした。「伯爵の近くにいるときに具合が悪くなったら、もちろん助けてもらわなくてけっこうよ」

ヘンリエッタは目を天井に向けた。「少なくとも、伯爵は感謝してくれたわ。物陰で具合が悪くなっているあなたを見つけても、あなたは感謝なんてしてくれないでしょうね」

「わ、わたしは夜中にふらふら歩きまわったりしません」

「あなただって具合が悪ければ――」

「ねえ、伯爵が感謝してくれたと言った？」セアラは椅子の上にあげていた脚をおろして身を乗り出した。

ヘンリエッタはうなずいた。「ええ。ゆ、指にキスをしてくれたわ」下唇をかんで伯爵のふるまいについて考えた。あれはきっと感謝の気持ちから出たことにちがいない。頭痛をやわらげたことに感謝するあまり、手に触れて……口づけたのだ。

ヘンリエッタは鼓動が速くなり、伯爵のふるまいはたんに感謝を示しただけではないかもしれないという、ばかげた考えをふり払った。もちろん、あれはお礼の印なのだ。伯爵のふっくらとした唇が手の上でささやいた言葉などは忘れて、ほかのことを考えたほうがいい。

何といっても、伯爵の心を勝ち取らなければならないのだから。

「それで……伯爵はほかのところにもキスをしたの？」セアラが訊いた。

ヘンリエッタは頬がかっと熱くなった。伯爵の唇が身体の……ほかの部分に触れることを考えなかったと言えば、まったくの嘘になる。ありがたいことに、そのときドアを小さくノックする音がして、ヘンリエッタは答えずにすんだ。母、そしてアルビーナが部屋に入ってきた。

「知らせることがあるの」母がドアを見ると、アルビーナが金属の音をさせてきちんと閉めた。「レディ・ジョージアナが午後のピクニックを欠席するそうよ」

「本当に？」セアラが訊いた。

「具合が悪いらしいわ」母は懸命にこらえようとしていたが、その口もとには笑みが浮かんでいた。

「まあ、ひどい」ヘンリエッタの言葉は母の非礼についてもレディ・ジョージアナの体調についても向けられていた。ヘンリエッタは母を非難する目でにらみつけた。

「どこがお悪いの？」

「ほかの方から聞いた話では、喉が腫れてヒリヒリするそうよ」アルビーナは空いている長椅子に行き、フラシ天のクッションの上に腰をおろした。「レディ・イザベラは伯爵の関心を引くための芝居だと考えているみたいだけど」

「効果があるの？」セアラが尋ねた。「伯爵はレディ・ジョージアナに関心を持った？　彼女に気持ちが向いたみたいだった？」

アルビーナの口角があがった。「これっぽっちも」

「ふたりとも、恥ずかしいと思いなさい」ヘンリエッタはたしなめた。「レディ・ジョージアナは病気なのだから、思いやって差しあげるべきなのに」

アルビーナが肩をすくめた。「ゆうべは元気そうだったのよ。わたしはレディ・イザベラの意見に賛成。すべてレディ・ジョージアナの作戦よ。きっと伯爵がお見舞いにきてくれるのを待ちながら、退屈して寝室を歩きまわっているはず。いつでもベッドに戻って芝居ができるようにね」

「それなら、その説があっているのかどうか試してみない？」ヘンリエッタは言った。「着がえたらすぐに、レディ・ジョージアナの部屋を訪ねてみましょうよ。仮病なんかじゃないってわかるから」

母が目を見開いた。「そんなことは許しませんよ。レディ・ジョージアナが本当に病気で、あなたたちにうつったら困りますからね。ヘンリエッタ、とくにあなたはだめ」ヘンリエッタの胸を指さした。「あなたには元気でいてもらって、午後のピクニックのときには伯爵の真ん前に立ってもらわないと困ります」

「ええ、でも、ハーブティーを飲むだけでレディ・ジョージアナがよくなるなら――」

「あなたがぜんぜん喜んでくれなくてがっかりしたわ。この思いがけない幸運にもう少し感謝してくれると思っていたのに」

「幸運？」ヘンリエッタは問いつめた。「プラムバーンにいらしたお客さまのひとりが体調を崩したのに、幸運だって言うの？」

「残念ながら、そのとおりよ」セアラが話に割りこんで言った。「レディ・ジョージアナは伯爵にあまり関心を持たれていない。それなら、彼女がピクニックにこないことをうまく利用しないと」

アルビーナが指であごのはしを軽く叩きながら、ヘンリエッタの隣にきた。「黄色がいいわ」

「黄色？」ヘンリエッタは尋ねた。「黄色って、何が？」

「きょうのピクニックで着るドレスの色よ」

「本気じゃないわよね」

アルビーナの顔が険しくなった。「お姉さま、服装のことでは、わたしはいつだって本気よ」

「でも、レディ・ジョージアナが――」

「お医者さまに診てもらえるでしょう」母が言った。「あなたが伯爵のおそばにいるあいだに、レディ・ジョージアナはきちんと手当てしてもらえるわ。それより、プラムバーンのことを考えてちょうだい。レディ・ジョージアナが伯爵夫人になってしまったら、あなたはもうお父さまのお気に入りの本とも、椅子とも、ハーブ園ともお別れなのよ」

ヘンリエッタは顔をしかめた。母のほうが正しいときは、とても癪にさわるのだ。

黄色はサイモンの好きな色だった。

やわらかでも、淡くても、大胆でも、どんな色あいでも、どんな濃さでもかまわない。どんな黄色でも好きなのだ。

それでもどんな黄色が好みか選べと言われたら、レディ・ヘンリエッタが着ているドレスのようなバターみたいな白っぽい黄色がいちばん好きだった。茶色い目に浮かぶ黄金色の斑点を浮きださせたという理由だけでも。

サイモンはシャンパンを飲んだ。泡が喉を刺激するが、いま苦境に陥っている原因、魅惑的なレディ・ヘンリエッタ・ビーチャムから気をそらすことはできない。

レディ・ヘンリエッタは妻にはふさわしくないし、そのことを忘れずにいたほうがいい――たとえ、彼女がいれてくれたハーブティーのおかげで夢を見ずに寝られ、それが五年まえにけがを負ってから初めてのことだったとしても。けがをしたのは、レディ・ヘンリエッタによく似た、黒髪でふっくらとしたピンク色の唇をした美しい女性に誘惑され、愛と幸福を感じ、互いの腕のなかで生涯過ごすのだと思いこんだときだった。

その後、その女性が裏切った。彼女は傷のある男と一緒にいることより、自ら命を絶つことを選んだのだ。

サイモンは残りのシャンパンを飲みほし、もっと明るい色の髪で、もっと不器量なミス・サクストンと、その愛嬌のある茶色い目に視線を向けた。やや味気なくて、それほど輝いていない茶色い目に。たとえば、レディ――。

「レディ・ヘンリエッタ」プラムバーンの生い茂った芝生にしっかり置かれた椅子から、サターフィールド卿が呼びかけた。「黄色はあなたにぴったりの色ですね」ヘンリエッタは頬をきれいなピンク色に染めて、周囲の花に視線を落とした。「ありがとうございます」

「わたしがドレス選びを手伝ったんです」ヘンリエッタの妹のひとりが言った。レディ・アルビーナだろうか？　それともレディ・セアラだったか？　サイモンは誰の名前も覚えていなかった――たった、ひとりを除いては。

ああ、これではまるで詩人のバイロンのようではないか。次に気づいたときは、きっと詩を書いているか朗読をしていることだろう。考えたくはない女性のために。

「ぴったりのドレスを選ばれましたね、レディ・アルビーナ」サターフィールドが続けた。

サイモンは自分の無実を一度たりとも疑わなかった男をじっくり見た。サターフィールドはサイモンを疑う噂を耳にしても、顔色ひとつ変えなかった。彼はまだ若く、伯爵を継いでない頃からサイモンを知っている。サタフィールド侯爵はレディ・ヘンリエッタに気があるのだろうか？

サイモンは胸を締めつけられた。サタフィールドはこれまでは神聖なる独身者のままでいると誓って女性を遠ざけてきた。確かに彼は侯爵だが、子孫を残す計画もなければ、その意思もないのだ——ほかに選択肢のないサイモンとちがって。もし上流階級の人々が自分を〝黒伯爵〟というあだ名どおりの人間だと考えているとしたら、弟はその上をいく悪党だ。自分などとは比べものにならない。

さらに言えば、サタフィールドはサイモンとちがって五体満足な男で、ふたつの目もきちんと使える——そして女性を怖がらせることなく、好まれる顔をしている。サタフィールドは見ためがよいにもかかわらず結婚する気がないので、花嫁候補を奪ったりせずに未来の伯爵夫人選びを助けてくれるだろう。サイモンはそう考えて彼をプラムバーンに招待したのだ。

レディ・ヘンリエッタを自分の花嫁候補からすでにはずしていたとしても関係ない。

「サターフィールド」サイモンは物憂げに言った。「最近、新しく牝馬を買ったんだ。少し乗ってみないか？」サターフィールドは黄色より馬のほうがずっと好きなはずだ――あるいは黄色を着ている魅力的な女性よりも。

「ああ、乗ってみたいな」

ミス・サクストンの顔が輝いた。「わたしも馬に乗るのが大好きなんです。何よりも爽快ですもの」

「そいつはすばらしい。明日の朝、ご一緒にいかがです？」サターフィールドが誘った。「みんなで乗りましょう。ここはお父さまのお屋敷だったわけですから、レディ・ヘンリエッタなら走るのにいい草地をよくご存知でしょう。きっと案内してくださいますよ」

サイモンはサターフィールドがそんな方向に話を持っていくとは思っていなかった。馬の血統について語り、その分野に詳しいことを示すだろうと考えただけで、まさか遠乗りを提案するとは思わなかった――それも、レディ・ヘンリエッタも誘って。どうやら、サターフィールドとはふたりきりで話したほうがよさそうだ。きちんと腹を割って。

レディ・ヘンリエッタの胸が、豊かなふくらみが持ちあがり、慎み深いカットの淡い黄色のドレスを押しあげた。彼女は微笑んで答えた。「わたしはこの屋敷のまわりについてそれほど詳しくありませんけれど、妹のアルビーナは乗馬に適した場所を知っています。妹は乗馬が得意ですから」

「そうでしたか」サターフィールドは椅子で深くすわり直すと、先代アマースト伯爵の娘たちに目を向けた。とりわけ長女に。

サイモンは歯を食いしばって立ちあがり、膝丈ズボン《ブリーチズ》についた汚れを払ってサターフィールドをにらみつけた。

それでも、サターフィールドはまだレディ・ヘンリエッタを値踏みしている。サイモンはレディ・ヘンリエッタの保護者ではない。彼女が手厚く保護されるよう遺言した父親ではない。兄でもなければ、後見人でさえない。それでもアマースト伯爵を継いだ男であり、サターフィールドがレディ・ヘンリエッタに焦がれているような熱い視線を送るのがひどく気に食わなかった。

何が一生独身で過ごすだ。サターフィールドもほかの男たちと同じだ。しかもこちらの陣地を侵害している。

レディ・ヘンリエッタを守るのは義務であり、それ以上の何ものでもない。

「レディ・ヘンリエッタ、あなたと妹さんたちに湖のまわりを案内していただきたいと思っていました。湖のあたりにはまだ行ったことがないので」

ヘンリエッタの口が開き、閉じ、また開いた——が、了承する言葉は出てこない。というよりは、何も言葉が出てこなかったのだ。

レディ・ヘンリエッタがうまい断り方を考えなければならないほど、自分は恐ろしく不快な存在なのだろうか？

すると、おそらくレディ・セアラと思われる妹が、レディ・ヘンリエッタ本人の口からは発せられなかったにちがいない言葉を代わりに口にした。「まあ、何てすてきなご提案かしら」

「ええ、確かにすてきな提案だ」サターフィールドも同意した。「ミス・サクストン、確か今朝、伯爵と散歩をしたいとおっしゃっていましたね？　全員で湖のあたりに行きましょう」

ミス・サクストンは両手を組みあわせ、期待をこめた目でサイモンを見あげた。

「ぜひ、お願いしたいわ。普段とはちがう場所に行きたくてたまらなかったから。湖のあたりを散歩すれば健康にもいい影響があるでしょうね」

そして、こちらの忍耐力にも大いに影響を及ぼすだろう——ただし、いい影響ではないが。サイモンはサターフィールドをにらみつけたが、彼はあたりさわりなく肩をすくめただけだった。

レディ・イザベラがサイモンにおずおずと近づいた。「わたしも湖のあたりに行ってみたいわ。プラムバーンには何ひとつ失望するところがありませんから、きっと湖もすばらしいでしょうね」

聞こえのいい言葉ではあったがかなり不自然であり、レディ・イザベラの顔に浮かんでいる笑みも同じく不自然だった。

実際、招待した六人の娘たちのなかで、本気でサイモンに関心がありそうなのはミス・サクストンだけだった。ほかの五人はかなり無理しているのか、サイモンの外見と醜聞にまみれた過去に嫌悪を抱き、そばには一切近づいてこない。

だが、ミス・サクストンはいまサターフィールドが毛布をはずすのを手伝っている女性ほど、サイモンの興味を引かないのだ。

サイモンはヘンリエッタの保護者としてふるまおうとしていた。あるいは、自らにくり返しそう言い聞かせて、ミス・サクストンとレディ・イザベラから離れてレディ・ヘンリエッタに腕を差し出した。「それじゃあ、決まりだ。行きましょうか」

レディ・ヘンリエッタはサイモンの腕に手を置いた。「は、は、はい。ありがとうございます」サターフィールドを出し抜き、レディ・ヘンリエッタに選ばれたという満足感がサイモンの胸にこみあげてくる——が、その思いは一瞬のうちに分別によって砕かれた。自分はレディ・ヘンリエッタの父親の後継者だ。彼女がサターフィールドではなく、自分の腕を選ぶのは当然だ。きっと、たんに礼儀正しくあろうとしただけなのだ。

たとえ、より上の身分である侯爵ではなく、伯爵を選んだのだとしても。

いったい、どうしたんだ。彼女はアンにそっくりじゃないか。アンは片目の男を捨てた女だぞ。

レディ・ヘンリエッタの妹のひとりがもうひとりの妹を押しのけて、まだサターフィールドが差し出していた腕をすばやく取った。

「いまの季節は湖がとてもきれいなんです。釣りも楽しいですし」

新しい話題がサターフィールドの関心を引くと、全員がのんびりとした足取りで大きな湖に続く小道へ向かいはじめた。

サイモンのまわりでは会話が弾みはじめたが、隣を歩くレディ・ヘンリエッタは黙ったままで、目をじっと小道に向けている。

話し好きではないのかもしれない。あるいは、口をきけないほど自分が怖いのか。いいだろう。警戒はしたほうがいい。だが、警戒する相手は自分ではない。自分はレディ・ヘンリエッタを妻にするつもりはないし、それどころかこれっぽっちも彼女を信用していないが、それでも彼女は親戚だ。それにサターフィールドは放蕩者だ。

サイモンは歩く速度をあげて、ほかのひとたちとのあいだに距離を開けた。サターフィールドは遠く離れ、レディ・ヘンリエッタが放蕩者に対して抱く不安は軽くなるはずだ。

だが、サイモンの腕に置かれている手の震えは治まらず、息づかいもかろうじて聞こえる程度ではあるものの、震えながら息を吸っているのがわかる。いまにも気絶してしまいそうだ。

湖まであとどのくらいあるのかわからないが、サイモンはレディ・ヘンリエッタを抱きあげて屋敷まで戻りたくはなかった。前日に目にしたやわらかな曲線を抱きあげたくはない。あの身体が押しつけられ、小石をまたぐたびに腕のなかで揺れるのだ……。

だめだ。どうにかして、レディ・ヘンリエッタの気持ちを楽にしなければ。サイモンは彼女に顔を近づけ、誰にも聞こえないように声をひそめた。「ゆうべはお茶をありがとうございました。とても効果があった」

レディ・ヘンリエッタが視線をあげたが、その目はこちらが……本心で言っているかどうかを探っている？「どういたしまして」

「あなたも同じ効果が得られましたか？」

レディ・ヘンリエッタが庭に出ていたのは具合が悪かったからだ――サイモンは彼女の体調が気になり、心配せずにはいられなかった。彼女もひどい頭痛に苦しんでいるのだろうか？　眠れないほど？

それとも、もっと邪な理由があったのだろうか？

ヘンリエッタが道の小さなくぼみにつまずき、サイモンの腕を強く握りしめた。

「とても効きました」

「あなたはぼくの頭痛を見事に治してくれた。レディ・ジョージアナの体調を治す方法もご存知なのでは？」

レディ・ヘンリエッタの顔が輝いた。まるで影から出てきて、陽の光を満面に受けたかのように。

「レディ・ジョージアナを助けて差しあげてほしいと？」その声は興奮に満ち、身体が喜びで震えているのが、まだサイモンの腕に置かれた手から伝わってくる。

「ええ」サイモンは答えながら、ヘンリエッタの様子が変わったことを頭に入れた。

「レディ・ジョージアナは少し喉がむずかゆいそうなので。それで体調が心配なのです」

レディ・ヘンリエッタの大きな琥珀色の目には、ほかのひとを助けたいという熱い思いだけが輝いており、吃音さえ消えていた。

「屋敷に戻ったらすぐに手当てをします。でも……」声が消え入り、顔の正面に雲がかかったかのように、目の輝きがかすんだ。「もしかしたら、もっと経験豊富で、もっと治療法に詳しい方がお世話をしたほうがいいのかもしれません」

サイモンはもっとよくヘンリエッタが見えるように、頭を横に傾けた。警戒心が湧き起こり、ヘンリエッタの性格に対する疑問がふたたび強くなった。ついさっきまであれほど人助けに熱心だったのに、どうして急に関心がなくなったのだろうか？　これも何かの企みか？

レディ・ヘンリエッタと一緒にいると、サイモンは混乱した。ちょうど、ほかの黒髪の女性たちと出会ったときのように。

サイモンの頭はいつの間にかアンとその裏切りを思い出していた。最後に見せた自分勝手な行いと、彼女の手首から床へと流れていた真っ赤な血と、濃密な死のにおいとともに寝室を満たしていた凝り固まった命の源のことを。

そして、サイモンの若く愚かだった心に愛の言葉をささやいた、父の黒髪の美しい愛人のことを。結局はサイモンを裏切り、息子を責める父を刺激して、サイモンの背中を鞭打ち、レース模様のような傷をつけさせたのだ。

それから母のことを。屋敷の裏の池に浮かんでいた膨らんだ身体や、頭の近くでひねった黒髪が扇型に広がっていた姿を。いつも混乱していた母の頭のなかの声はすでにやみ、十歳の少年の悲鳴はもう届かなかった。

また頭痛がはじまり、またたく間にめまいもして、サイモンはゆるんでいた敷石でつまずいた。

「だいじょうぶですか?」レディ・ヘンリエッタが訊いた。心配そうな、はっきりとした言葉だった。

サイモンはつかの間の物思いからわれに返って無理やり微笑んだ。「ええ、だいじょうぶ」

ヘンリエッタは目を険しく細め、すぼめた口のまわりにしわを寄せ、どうやら信じていないようだった。

「少し疲れたのでしょう」サイモンはそう認めた。「寝るのが遅くなったから」ヘンリエッタを安心させたくてにっこり笑った。不安そうな彼女は見たくない。

ヘンリエッタも笑顔を返すと、滑らかな唇の奥できれいに並んだ白い歯が輝いた。触れてほしいと待っている唇だ。キスをされたい、奪われたいと。

「伯爵さま！」レディ・ヘンリエッタがかけた魔法が何であれ、ミス・サクストンの声でその呪文は解けた。ミス・サクストンは手をふり、草地にある沼のような場所の縁に立ち、こっちへくるようにと誘った。「レディ・アルビーナが見つけたカエルをご覧になって。すごく大きいの」

サイモンは唇をなめ、腕をおろしてレディ・ヘンリエッタの手をはずした。あと一分ふたりきりでいたら危なかった。

自分はレディ・ヘンリエッタの保護者を気取り、彼女の手助けを求め——あろうことか、キスをすることを想像した。

何とか気をそらすことが必要だ。いますぐに。

4

湿った土と淀んだ水のかび臭いにおいが漂ってくる、大きな池の隆起した入江にカエルはいた。ミス・サクストンが高らかに発表したほど大きくはなかったが、まわりに無頓着な様子で退屈そうに鳴いている。

ヘンリエッタはとつぜんの登場にいら立つべきなのか感謝すべきなのかわからないまま、不快な生き物をじっと見つめた。乗っている石と同じくらいの大きさのカエルはどういうわけか、ヘンリエッタと伯爵の会話に割って入った。アマースト伯爵はカエルを見にいってしまい、ヘンリエッタは小道に放り出されて呆然とした。

でも、ヘンリエッタが伯爵と話していたのは――ハーブのことだ。植物の話だ。渇きで死にかけている男が地上最後の水を見つけたかのように、伯爵が池へ逃げていったのも当然だ。伯爵は退屈でたまらなかったのに、想像どおりの紳士であったがゆえに、礼を失せずに離れられる機会を待っていたのだろう。

それに無粋な会話をしなくとも、まったく印象に残らないこんな外見では、伯爵はどのみち離れていったはずだ。少なくとも、ピンク色の花模様のモスリンのドレスにぴったりあったショールとボンネットを身につけ、まるで新型服装図《ファッションプレート》から、いま革のブーツで立っているやわらかい土の上へ出てきたかのような、当世風のミス・サクストンとは大ちがいだ。

ミス・サクストンはいかにも女性らしく、ヘンリエッタに辞書を持ち歩くという見識があれば、〝洗練〟という言葉の下にはきっと彼女の絵が載っていたにちがいない。そして、その〝洗練〟という言葉はヘンリエッタにはまったく縁がなかった。ぬかるんだ場所で裾が濡れてしまった淡い黄色のドレスを着て、どろどろの土にはまって汚れたブーツをはいている状況では。

ヘンリエッタはため息をついた。さらに言えば、ミス・サクストンの話し方は完璧で、あのわかりやすくて快活な話し方であれば、議会で演説しても票が得られるだろう。自分とはまったく比べものにならない。こちらはひとことも発しないうちに舌がからみ、唇はねじまがった言葉を発し、文章をめちゃくちゃにしてしまうのだから。

きっとミス・サクストンのほうが伯爵の妻としてふさわしい。見かけが伯爵夫人らしいだけでなく、話し方も伯爵夫人らしいから。

ヘンリエッタの不安を映すかのようにセアラも心配そうな顔をしていたが、姉の隣に立つと伯爵に話しかけた。「アルビーナは目がいいと思いません？」

「そうですね」サイモンは礼儀正しく答えた。「レディ・アルビーナ、よくカエルを見つけられましたね。まわりの色に溶けこんでいるのに」

確かに、よく溶けこんでいる。アルビーナのことを知らなければ、カエルのことで気をそらしたのは、遠ざかりつつある男性の関心を必死に引き寄せるためではないかと考えただろう――たとえば、サターフィールド侯爵のような男性を。ただし、妹が見つけたカエルに夢中になったのはサターフィールド侯爵ではなくてアマースト伯爵で、ヘンリエッタが気を引きたいと願い、そして――。

そして――何？　植物とお茶に関する知識に感心してもらおうというの？　冗談じゃない。伯爵夫人が植物と、知識への飢えを満たすために読んだ本について、ぺらぺらまくしたてるわけでもあるまいし。もっと恥ずかしい思いをしなくてすんだことを、膝を折ってアルビーナに感謝したほうがいい。

「鳴き声です」アルビーナがうれしそうに答えた。「きっと番《つが》う相手を探しているんだわ」

まったく同じ意図でこのパーティーを開いていることを考えると、とても皮肉な言葉だった。全員がぎこちなく視線を落とした——が、ヘンリエッタとサイモンだけは目をあげていた。

ヘンリエッタは沼の向こうにいるアマースト伯爵の四角いあごと、すばらしく整っている目鼻立ちを見つめた。片目を覆っている眼帯と過去にまつわる疑惑がなければ、女性の崇拝者たちが伯爵が発する言葉すべてに聞き入り、どの舞踏室に行っても追いかけまわし、ダンスに誘ってもらえるのを待ち焦がれただろう。

だが、たとえ目をけがしていても、アマースト伯爵ははっとするほどの美男子だった。ヘンリエッタは目があうたびに胸が高鳴った——いま、この瞬間も。

ヘンリエッタがカエルのほうに視線をそらすと、カエルの鳴き声のなかからアマースト伯爵の低い声が聞こえた。「きっと腹いっぱい食べて喜んでいるのでしょう。

いったい何を食べたことやら。あんなに大きなカエルは初めて見ましたからね」

ミス・サクストンがくすくす笑った。レディ・イザベラも笑い声をあげた。ヘンリエッタは嫉妬に似た得体のしれない感情が湧きあがってくるのを抑えるために、作り笑いをした。

「ええ、確かに。一ストーン（十四ポンド、六・三五キロ）はありますよ」ミスター・リヴィングストンが言った。ヘンリエッタは声がしたほうを向き、丸々と太ってずんぐりした男性に目をやった。年配の紳士であるミスター・リヴィングストンはこれまではあまり自分の意見は言わず、会話に積極的に参加するより、片眼鏡の奥からほかの人々を観察するのが好きなようだった。

ヘンリエッタにはその気持ちがよくわかった。自分も人々の輪から逃れて、古びた石敷きの道と葉がとがったハーブが生えているプラムバーンの涼しくて静かな裏庭へ忍びこみたいからだ。

ミスター・リヴィングストンが笑いかけると、ヘンリエッタも微笑み返した。

「一ストーンですって？」サターフィールドは身を乗りだし、崇拝者たちのことを忘れたかのように、まだ石の上にいるカエルをじっと見つめた。「このくらいの大きさの赤ん坊なら二ストーンはありますよ」

とてもあり得ない数字だった。サターフィールド侯爵のうしろからヘンリエッタが見たところでは、いくら見事なお腹をしているといっても、ミスター・リヴィングストンが最初に言ったとおり、せいぜい一ストーンにしか見えない。

ヘンリエッタはまえに進みでて言った。「高さと幅から考えて、わたしもミスター・リヴィングストンと同じ意見ですわ」

つかえずにきちんと言えた。はっきりと聞き取りやすく――ぜったいに言うべきではない意見を。何も知らないふりをするつもりなら、なおさらだ。

セアラが責めるようににらみつけた。アルビーナは片手で口を押えている。そしてアマースト伯爵は髪と同じコーヒー色の目で見つめている。

アマースト伯爵に燃えるような目で見つめられ、ヘンリエッタは膝ががくがくと震え、心臓が三倍の速さで動きはじめた。何というばかな真似をしてしまったのだろう。ヘンリエッタは気持ちを落ち着かせるために、唾を飲みこんで深呼吸をした。アマースト伯爵だってただの男だ。

それなのに、どうやら自分は彼と親しいサターフィールド侯爵の意見を否定し、また自分に不利な条件を加えて、彼を怒らせてしまったようだ。ミス・サクストンは何も言っていない。ただし、ミス・サクストンが掛け算を知っているかどうかさえ、わからないけれど。

「ぼくもその意見に賛成だな」沈黙を破ってアマースト伯爵が言った。「サターフィールド、きみは寸法を大きく見積もりすぎだ。このカエルはきみの言う二ストーンどころか一ストーンにも満たないくらいだろう」

ヘンリエッタは目をしばたたいた。神のご加護だ。それ以外に伯爵の怒りから救ってくれるものはない。それと、論理的な算数。

ヘンリエッタは幸運を押しやり、分別を無視して言った。「どちらが正しいのか証明なさりたいなら、厨房にはかりがあります。ただし、縄張りにカエルを持ちこんでいるところを見られて料理人に木のスプーンをふりあげられる勇気があるなら、ということですけれど」

ミスター・リヴィングストンは首を横にふった。だがサターフィールド侯爵とアマースト伯爵は挑戦を受け、少年のような好奇心に顔を輝かせた。

「それなら、正式に賭けをしようじゃないか」サターフィールド侯爵が勢いこんで言った。

「カエルの体重一ポンドの差につき、一ポンド払うか？」アマースト伯爵が冗談まじりに提案した。

サターフィールドはヘンリエッタに視線を向けた。「より予想に近い方が、自分が選んだ女性と夜の散歩を楽しめるというのはどうだい？　もちろん、付添役も一緒だが」

どうして、この男はレディ・ヘンリエッタを見つめているのだ？　ミス・サクストンとレディ・イザベラと一緒に両手を組みあわせ、口角をあげてにっこりわらっている彼女の妹のほうを見もしないで。

「すばらしい提案ですわ」ミス・サクストンが歓声をあげた。

「そうですね」サイモンはサターフィールドの視線の先を見た。ヘンリエッタはサイモンにじっと見つめられて息を呑み、全身が疼くのを感じた。そして困惑のあまり、彼が付け加えた言葉を聞き逃しそうになった。「こうしよう。きみが厨房にカエルを持っていくなら、ぼくらが料理人の気をそらしておくよ」

「とても寛大なお申し出ですけど、そうしたら誰がサターフィールド侯爵の報告の正しさを確認するのですか？」セアラが尋ねた。「サターフィールド卿がご自分の好きなように重さを変えないように誰かがついていないと」

「ぼくはごまかしたりしませんよ」サターフィールドはそう言ったが、少年のような笑顔はその厳粛な言葉を裏切っていた。

「もっともな意見だ」ミスター・リヴィングストンが言った。「わたしがサターフィールド卿についていって、重さが正確かどうか確認しましょう」

「わたしも行きます」アルビーナが興奮して顔を輝かせた。「はかりの場所も、厨房の使用人用の出入り口も知っていますから。誰にも見つからずに、おふたりを案内できます」

「もちろん、付添人が必要よ」セアラが言った。「ミス・サクストンのおばさまにお願いできるかしら？」

まだ若いのに夫を亡くしたミス・サクストンのおばは、屋敷を訪れているなかで、いちばん寛大で陽気な付添役だった。これほどくだらなくてきわどい遊びを許してくれる付添役がいるとしたら、彼女だけだろう。

「おばなら喜んで付き添ってくれるわ。こんなにすてきな賭けなら、なおさらよ」ミス・サクストンはサイモンに目配せをした。

お昼に食べたものが、ヘンリエッタの喉もとまでこみあげてきた。

ヘンリエッタは頬の内側をかんだ。だめ。ぜったいに。完璧な話し方をするミス・サクストンではなく、自分を選んでもらって、屋敷のまわりのよい香りがする庭を一緒に歩かなければ。

プラムバーンとカエルが群がる沼がかかっているのだから。

物事が思いどおりに運ぶように、何か手立てを講じなければ。アマースト伯爵の関心を引きつけ、ここにいるほかの女性たちを忘れさせ、予想どおりの重さになって賭けに買った褒美として、自分を選んでもらえるように、何とかしなければ。

でも、何をしたらいいのかがわからない。

「それじゃあ、こんなところで虫を追い払っていないで、厨房へ行こう。サターフィールド、きみさえよければ」サイモンは石の上で鳴いている、つるつると滑りそうなカエルのほうをあごで示した。

「ああ、いいとも」少しまえまでは得意そうに熱心に話していたにもかかわらず、サターフィールドは見るからに気味の悪いカエルをじっと見ながら、近づくのをためらっていた。視線は白い手袋をした手と、ぬるぬるした両生類のあいだを行ったりきたりしている。「ええっと、そうだな……。うーん――」

「持ちあげてください」セアラが言った。「両方の手でカエルの両側を持てば、沼に飛びこみませんから」

ヘンリエッタの口のなかに血の味が広がった。笑いださないように、頬の内側を強くかみすぎたのだ。

「ええ、そうですね」サターフィールドは答えた。「すばらしい助言だ」

「助けがいるか？」サイモンの声はサターフィールドの苦闘をおもしろがっていた。

「それとも、夕食までここに立っているつもりかい？」

サターフィールドはサイモンを険しい目でにらみつけたが、手袋をはずしてミスター・リヴィングストンにわたした。「たいしたことじゃないさ。どう近づいたらいいのか、考えていただけだ」サターフィールドがかがみこんで捕まえると、カエルがばかにするように鳴いた。

「アマースト、きみに勝ち目はないぞ」サターフィールドはカエルを持ちあげて、手をできるかぎり伸ばした。「ぼくが言ったとおり、二ストーンはある」

「それじゃあ、きみの推測を証明しようじゃないか。レディ・アルビーナ、案内をお願いします。ぼくはきっと迷ってしまうから」サイモンはまだサターフィールドとそのおまけに目を向けていたヘンリエッタの妹にお辞儀をした。

「ええ、こちらです」アルビーナはヘンリエッタの横を通りすぎたところでつまずき、水に浸かった芝のなかで転ばないように姉の腕をつかんだ。

けれども、ヘンリエッタのほうは、急に腕に重みがかかったせいで沼のほうへよろめいた——アルビーナと一緒に。

サイモンは息を呑み、先代伯爵の令嬢ふたりが沼に落ちて水しぶきをあげると、全身が凍りついた。女性の悲鳴が空気をつんざいた――くぐもった笑い声と、ほとんど隠せていない忍び笑いとともに。

サイモンはふたりに駆け寄り、膝を折って沼に入った。ブリーチズとブーツがどれだけ泥で汚れようとかまわない――ふたりの女性のほうが比べものにならないくらい、泥をかぶっているのだから。

レディ・ヘンリエッタが頭をあげると、顔には泥がはねていたが、目は輝いていた。泥を拭えば、肌は真っ赤に染まっているだろう。

「は、は、伯爵さま」レディ・ヘンリエッタは吃音になっていた。目を見開いているが、泥がさらに顔を伝い、その目を半ば隠している。

そして顔の泥を拭うために手をあげたときに、レディ・アルビーナが起きあがり、水しぶきと泥がヘンリエッタとサイモンにかかった。「もう、お姉さまったら」アルビーナが言った。「緊張すると、動きが鈍くなるんだから」

サイモンが覚えているかぎりでは、最初につまずいて沼に落ちたのはレディ・ヘンリエッタではなかったが、アルビーナは姉をにらんでいる。

サイモンはあっ気に取られ、レディ・ヘンリエッタに手を差し伸べながら早口で言った。「ぼくの手につかまってください」するとアルビーナとヘンリエッタの両方がその手を取った。サイモンは濡れて重くなった姉妹に引っぱられ、ふたりのあいだに頭から突っこんだ。

数秒後、サイモンは沼からすばやく起きあがり、上着の左側のポケットに手を入れてハンカチを出した。隣ではレディ・ヘンリエッタがきらきらとした目で、泥のなかで白い歯を輝かせ、とにかくおかしくてたまらないという顔をしている。

むろん、そうだろう。

こっちはびしょ濡れで、一枚のハンカチでは拭きとれないほど泥をかぶっているのだから。

そして、隣には茶色い土をどれだけかぶっても隠しきれない美貌を持つ女性がすわっている。

サイモンの胸から低い音が鳴りだし、ついには笑い声が飛びだして、静かな沼に響きわたった。この状況のばかばかしさに、伯爵の令嬢が自らに降りかかった災難に口をとがらすのではなく、この世の愚かさを笑っていることに、サイモンの心は温かくなった。

レディ・ヘンリエッタは面食らい、目をしばたたいて、口を大きく開けていた。だが、まもなく笑いだすと、あわてて片手で口をおおった。泥だらけで、髪はびしょ濡れという格好のまま笑い、サイモンの声を超えるほど豊かな声を響かせている。だが、ほかの人々は、少なくとも全員は笑っていなかった。サターフィールドとレディ・イザベラは笑いに加わったが、ミスター・リヴィングストンとミス・サクストン、それにレディ・セアラさえも笑っておらず、とがめるような表情からは笑うのは無作法だという考えがはっきりと伝わってきた。伯爵もその親族も泥まみれになるものではない。

サイモンは笑い声を抑え、とつぜん立ちあがった。そして同じ過ちをくり返さないように脚を広げると、両手をレディ・ヘンリエッタに差し出した。

ヘンリエッタが手を伸ばし、サイモンのてのひらに置いた。そして意外なほど強く彼の手を握った。泥がつき、薄い手袋をしていても、その力は伝わってきた。

サイモンの胸は激しく鼓動したが、それはヘンリエッタを引っぱりあげたせいではなく、彼女がとても近くにいて……ドレスが淫らなほどぴったりと、丸みを帯びた身体に張りついているせいだった。

ヘンリエッタはサイモンを見つめて微笑んだ。「ありがとうございます」

いま彼女とふたりきりだったら、唇に泥がついていようがかまわず、キスをしただろう。だが、いまはふたりきりではない。

レディ・アルビーナが咳ばらいをして片手を差し出すと、サイモンはその手をつかんで彼女を沼から救いだした。

「ありがとうございます」アルビーナの言葉はきびきびと歯切れよく、サイモンとヘンリエッタのようにおもしろがっていないのは明らかだった。「残念ながら、先ほどの申し出は撤回しないといけないようです。こんな格好では厨房へご案内できませんから」

サイモンはうなずいた。自分もこれでは厨房へは入れない。だが、サターフィールドはどうにかして賭けに勝てば、庭を散歩する相手として間違いなくレディ・ヘンリエッタを選ぶだろう——そんなことはぜったいに許さない。

といっても、自分もレディ・ヘンリエッタを選ぶことはできないのだが。賭けに買ったら、にやにやと笑っているミス・サクストンを選ぶことになる。ほれぼれするような金髪だが、十人並みの器量で、まったくそそられない選択だ。

「わたしが案内するわ」レディ・セアラがレディ・アルビーナに言った。「あなたはお姉さまと伯爵を西側の使用人出入り口にご案内して。そこで伯爵からお母さまに説明していただけば、ドレスを台なしにした罰に鞭で打たれなくてすむでしょう」

「そうね」アルビーナは濡れた手袋をはずしながら、サイモンに目をやった。「それでは、まいりましょうか？」

冷たく泥だらけの格好で、屋敷のことをよく知らない状況ではアルビーナに同意するしかなく、平常心ではいられないほど近くにいるレディ・ヘンリエッタから逃れることはできなかった。

サイモンはレディ・アルビーナについて小道を歩いた。そしてふりむいて言った。「サターフィールド、ぼくが勝ったら、正解を寝室に知らせてくれ。きみがどれだけ多く見積もったか知りたいから」

「きみがどれだけ少なく見積もったかだろう」サターフィールドが言い返した。腕を妙な角度で伸ばし、手をずらしたせいでカエルが滑り落ちそうになった。「このカエルは相当重いぞ。きっと証明してやるさ」

「それでは行きましょうか」レディ・セアラは最後にもう一度姉たちを見ると、右側へ足を踏みだした。「サターフィールド卿、厨房はこちらです」

「西側の入口はこちらです」レディ・アルビーナが泥に覆われた腕で左側を指した。

サイモンはうなずき、足取りを速めた。うしろを歩くなんてとんでもない。レディ・ヘンリエッタにはいまでも充分にそそられている。目のまえで思わせぶりに尻を揺らされたりしたら、とても耐えられない。

さっさと逃げなければ、どうなるかわからない。

5

ヘンリエッタは夕食の席に着き、湯気が立っている熱いスープをこぼさないように、銀のスプーンに唇をつけていた。この滑らかなスープが口以外の場所に一滴でも落ちたら、どんなことが起こるかしれない。きっと世界が終わりを迎えるだろう。そして母はこれまで見たことないほどの癇癪を起こすにちがいない。

怒るなどという言葉ではたりない。母はアルビーナとヘンリエッタに泥がべったりと張りつき、優雅で非常に値の張ったモスリンの新しいドレスが救いようのない状態になっているのを目にして激昂したのだ。

アマースト伯爵が同じようにびしょ濡れの格好で、思いがけない事故だったことをくり返し説明してくれなかったら、ヘンリエッタとアルビーナは黄泉《よみ》の国でも最下層の場所に追いやられただろう。母の落胆した顔を見て、ふたりはひどく恥じ入った。

正直に言えば、この出来事全体はとてもおもしろかったけれど。アマースト伯爵は全身泥まみれで、見事なベストもパリっとしたクラヴァットも姉妹のモスリンのドレスと同じくらい汚れていた――それなのに、伯爵である彼もそこにおかしさを感じ、笑っていた。

その笑い声を思い出すだけで、ヘンリエッタは顔が赤らんだ。低くて、朗々としていて、何より誠実な、喉の奥で発した忍び笑いはヘンリエッタにしばらくのあいだ恥ずかしさを忘れさせた――母に厳しく叱られるまでだったけれど。

アルビーナがそもそも沼に落ちるはめになった目的を明かさなければ、母はふたりの尻を鞭で打っていただろう。

ありがたいことに、母はどちらの男性が賭けに勝とうとも、アルビーナかヘンリエッタが散歩の相手に指名されるにちがいないと請けあわれたことで、ようやく気持ちを落ち着かせた。

アルビーナはサターフィールド卿に選ばれると自信を持っていた。そしてヘンリエッタはアマースト伯爵が自分との会話が退屈だったことを見逃して、もう一度機会を与えてくれるよう祈っていた。少なくとも、ヘンリエッタが選ばれる確率は三分の一だけれど、その確実さについて母が知る必要はない。どんなに小さな可能性でも、ゼロよりは大きいのだから。

しかしながら、いまヘンリエッタが散歩の相手に選ばれたいのは、プラムバーンのためではなく、自分のためだった。あの気持ちのこもった目で自分だけを見つめてほしい。こちらは伯爵について、過去のことを多少なりと知ってしまった。だから伯爵にも自分を知りたいと望んでほしいのだ。

確かに愚かな考えではあるけれど、ヘンリエッタはあきらめたくなかった……いまのところは。

ヘンリエッタはスプーンをおろして、アマースト伯爵を見た。セアラは賭けの結果は秘密にするという約束を守り、しっかり口を閉じて、どちらが勝ったのか明かしていない。伯爵は勝者が発表され、散歩の相手が選ばれる場には全員がそろっていることを望んでいるようで、どうやら夕食の時間のどこかで結果を発表するつもりらしい。

ヘンリエッタは口をすぼめた。アマースト伯爵が勝ったのだとしても、顔には出ていない。どちらとも言えない顔を見ていると、実はサターフィールド卿が厨房のはかいり、乗せるまえに、あのぬるぬるとしたカエルに石を何個も食べさせたのではないかと思えてくる。

というのも、伯爵の表情はまったく変わらないけれど、サターフィールド侯爵からはまえにはなかった自信が感じられるからだ。

ヘンリエッタを見つめる視線に、隠そうともしない自信が感じられるのだ。

ヘンリエッタはナプキンを口もとまで引きあげて、糊の効いた四角い布をじっと見つめた。肌にサターフィールド侯爵の視線が突き刺さる。一心に見つめてくる、探るような視線は、その行き先を間違っていた。

サターフィールドの正面にはアルビーナがすわっているのだ。妹のほうを見るには何の苦労もいらないはずなのに、サターフィールドは顔を少しだけ右側に、妹の左隣の隣にいるヘンリエッタのほうへ向けているのだ。

もしかしたら、顔にパンくずがついているのかもしれないし、唇にスープの滴がついているのかもしれない。

あるいは賭けに勝ったのはサターフィールド侯爵だけれど、散歩の相手に選ぶのはアルビーナではないとか。

いいえ。サターフィールド侯爵に選ばれるのはアルビーナでないと。アマースト伯爵に選ばれるのが自分でないといけないように。

「アマースト、午後の賭けの結果を永遠に秘密にしておくつもりか?」サターフィールドが尋ねた。

ヘンリエッタが顔をあげると、サターフィールドの深遠なグレーの目がまだ自分を鋭く見つめている。

「いや。ただ、待っていただけだ――」

「ブタが飛びこんでくるのをか?」

「最適な時間をだ」アマースト伯爵が歯ぎしりするように答えた。ヘンリエッタがテーブルの上座に目を向けると、伯爵はサターフィールド侯爵の煽りに顔をひそめて、口もとをナプキンで拭った。「きみが全員の関心を引いてくれたということは、いまが最適な時間のようだ」

「それなら、さっさときみの勝利を発表してくれ」

ヘンリエッタは目を丸くした。そして、ふたりを見つめた。どちらも自らの感情と戦っていた。ひとりは鼻の孔を広げて唇を固く結んで明らかにいら立っており、もうひとりは口もとをゆるめて満面の笑みを浮かべておもしろがっている。

「カエルの重さは一ストーンで、サターフィールドが予想した二ストーンではありませんでした」

彼が勝った。アマースト伯爵が勝ったのだ。テーブルの人々は礼儀正しく喝采した。ミス・サクストンは手が溶けあってしまいそうなほど熱心に拍手し、胸をどきどきさせながら、アマースト伯爵が散歩の相手に自分を選んでくれるかもしれないと期待していた。

「最近になって、散歩がとても好きになりました」サイモンは話を続けた。ヘンリエッタは彼のほうに顔を向け、厚い唇に視線を落とした。全身に痺れが走る。ついにきた。アマースト伯爵は散歩の相手に選んだ女性を発表するにちがいない。ヘンリエッタは期待に神経が張りつめ、ワイングラスに手を伸ばした。

「そして連れがいれば、植物を見るのも楽しいと気づきました」

「ぼくもだ」サタ―フィールドが言った。

サタ―フィールドはグラスを掲げてうなずいた。「夏まっさかりの庭で濃厚な香りをかぎながら、すばらしい会話に興じることほどよいものはないからね」サイモンのあごがぴくりと痙攣した。

「わたしはバラが大好きですの」ミス・サクストンが目をしばたたきながら、サイモンを見あげた。

ヘンリエッタはくちびるをかんだ。ミス・サクストンがまたしてもアマースト伯爵の気を引こうとしているのに、黙ったままぼうっとしてはいられない。けれども、一日に二度も愚かなところを見られるわけにもいかない。

幸いなことに、食堂にはカエルも泥もないけれど。

「バラはすてきですよね」ヘンリエッタは胃が締めつけられ、唾を飲みこんだ。一度もつかえずに言えた。でも〝わたし〟と言うのが何よりも苦手なのに、続きを話すためにはこの言葉を避けられない。

ヘンリエッタは父が食堂の大きな壁に飾るために制作を依頼したのどかな田園風景

の絵に目をやった。テーブルに置かれた花瓶にも。父が妻と娘への贈り物としてプラムバーンの庭に植えるよう特別に選んだ花があふれんばかりに飾られている。

この食堂には父の思い出が色濃く残っている――父が気に入っていたものばかりだ。父はおいしい食事を楽しんだものだった。

ヘンリエッタはゆっくり息を吐きだすと、ワイングラスを置いてナプキンをつかんだ。ぜったいにできる。厄介な〝わたし〟という言葉をちゃんと発音して、ほかのひとと同じように自分の考えをきちんと伝えられる。

こんなふうに決意したのはアマースト伯爵の隣にすわっているミス・サクストンを見て、嫉妬の刃がわき腹に突き刺さったせいじゃない。ミス・サクストンの顔の横では小麦の穂色の巻き毛が美しく揺れており、いかにも貴族の夫人にふさわしい。

ヘンリエッタは脈拍が速くなり胸が激しく鼓動したが、この食堂と、この食堂でいままでも存在を感じられる父から力を得て口を開いた。「でも、わたしはローズマリーやラヴェンダーのような役に立つ植物の刺激的な香りのほうが好みです」セアラがにらみつけ、アルビーナは片方の眉を吊りあげた。

ヘンリエッタは微笑んだ。ちゃんと話せた――もちろん、父の助けがあったからだけれど。ヘンリエッタは胸を張り、しわくちゃになったナプキンを放して、張りつめている神経のことはなるべく考えないようにした。夕食で食べたものを急にもどしそうになっていることも。

「残念ながら、ぼくはそのふたつの植物についてまったく知りません」サターフィールドがワイングラスの上からグレーの目で見つめた。「かなりの勉強不足で、きちんと知識を入れ直さないといけないようです」

「勉強をはじめるなら、プラムバーンの図書室はじつにおあつらえ向きだよ」サイモンが険しい声で言った。「植物に関して、すばらしい本がそろっている」

「なるほど。でも、きみも知ってのとおり、ぼくは本を読むのが好きではない。すばらしい知識を持ち、その分野に情熱がある先生に教えを請うほうが、無味乾燥で扱いづらい本で学ぶよりずっと興味が持てるし、好きなんだ」

「でも、読書ほどすばらしいものはないと思います」ヘンリエッタは言った。「新しい知識を得たり、日常にはない夢のような体験をしたりして得られる興奮は、誰かに教えられて感じられるものではありませんから」

サターフィールドは口もとに澄ました笑みを浮かべながら、指でつかんだワイングラスをまわした。「そうかもしれませんね、レディ・ヘンリエッタ。でも、もっと身体を使って教えられたほうがよいものもあると思います」

「確かに、もっともな意見だ」サイモンは音をたててワイングラスを置いた。「ぼくもその方法を試してみたい。レディ・ヘンリエッタ、明日の朝、散歩に付きあっていただけますか？」まるで断れるものなら断ってみろと言わんばかりの熱のこもった目でヘンリエッタを見つめた。

「ええ、もちろん」ヘンリエッタはそう答えると、サイモンの鋭い視線を避けて、皿の右側にある銀の燭台の下を見て考えた。自分は賭けに勝ったのだろうか、それとも……完敗したのだろうか。

6

とんでもない状況に追いこまれてしまった。

夕食後の慣例である男女別の退屈な時間に耐え、そのあとまた男女一緒にお茶の時間を過ごすと、サイモンは寝室に戻り、首を締めつけるクラヴァットを引っぱって悪態をついた。そして、もう一度悪態をつきながらクラヴァットと格闘し、結び目がゆるまずにさらに締まると、従者の手際にも腹を立てた。

くそっ。

すべて計画を立て、細かいことまで考えていたというのに。少しもそそられはしないが、愛想のいいミス・サクストンを散歩の相手に選び、いずれしなければならない結婚の意思表示に向けて覚悟を決めるつもりだった。

だが、あの困った男、サターフィールドのせいで予定が狂い、計画が台なしになって、すべてが水の泡になってしまった。

自分はあのくだらない賭けに勝った。あのカエルは一ストーンで、サイモンの勝利が決定した。散歩の相手を選ぶ権利は自分にあったのだ。

それなのに、とんでもないはめに追いこまれてしまった。誰よりも自分を魅了する女性を選ぶよう追いつめられてしまったのだ。

サイモンはクラヴァットの結び目に指をかけ、引っぱってゆるめようとした。暖炉で燃える炎が怒りにさらに火をつけ、揺れる炎の明かりで手が震えているのが見える。

この手でサタ―フィールドの細い首を絞めてやりたい。

〝もっと身体を使って教えられたほうがよいものもあると思います〟サタ―フィールドはそう言っていた。身体を使って、実地で教えられたほうがいいことがあると。

冗談じゃない。

付添役が何人ついて歩こうが、レディ・ヘンリエッタをサタ―フィールドとふたりきりで散歩させるわけにはいかない。サタ―フィールドはとんでもない放蕩者であり、植物を何も知らないふりをしても、その意図は明らかなのだから。

もう一度賭けてもいい。サタ―フィールドはローズマリーもラヴェンダーも知っているし、三分もかからずにコルセットのひもを解く方法も知っている。

といっても、レディ・ヘンリエッタがそんな真似をさせるわけはないが。レディ・ヘンリエッタはサターフィールドに言い寄られてもまったくなびかず、どちらかというと困惑していた。夕食の席でも、そのあとのお茶のときでも、ずっと肌をあわ立たせ、視線をはずしていたのが、不快に感じていた証拠だ。

そのいっぽうでレディ・ヘンリエッタはしじゅう無口で、それは自分といるときも変わらなかった。きっと醜聞にまみれた片目の男と何を話したらいいのかわからなかったにちがいない。

サイモンは頭のうしろに手を伸ばし、肌に食いこんでいるひもをはずして、忌々しい眼帯をわきへ放った。身体はほてっていても、傷が残るやわらかな皮膚に空気が触れると冷たく感じる。眼帯がないと、裸にされた気分だとしても。

といっても、この傷痕を見る者は、この先も誰ひとりとしていないだろうが。寝室に鏡があっても決して見ない。鏡に映った姿を見ると、いやでも過去の愚かさを思い出してしまうのだ。

傷ついた心とともに。

サイモンは疼きだしたこめかみを揉んだ。激しい頭痛がはじまれば、また眠れなくなる。

ただし……。

レディ・ヘンリエッタは何と呼んでいた？　ナナツギク？　ナツギク？　サイモンは目をつぶり、深呼吸をして気持ちを落ち着かせた。

ナツシロギクだ。

サイモンは床に放った眼帯をすばやくひろって、頭のうしろでひもをゆるく結んだ。もう客たちはみな寝ているだろう。庭に出て、ハーブを摘んでくるのはたやすい。レディ・ヘンリエッタが――暗がりのなかで――指さしたハーブを思い出せばいい。あのときはまだ頭が痛かったうえに、心を占めていたのはハーブではなく、自分を救ってくれた女性のことばかりだったが。

サイモンは蠟燭に火をつけて寝室から出ると、数時間まえにレディ・アルビーナから教わった使用人出口がある階下へ向かった。そして階段をおりると、出口の掛け金をあげて、海の香りのする冷たい夜気を吸いこんだ。

プラムバーンは青々とした緑に囲まれた海岸に建っており、サイモンもその魅力を理解し評価していた。びっしりとツタに覆われた石壁は古い屋敷に荘厳な雰囲気を与えている。こんな宝石のような屋敷を手に入れたら、どんな男でも誇りに思うだろう——きっと弟のフィリップも。

それこそが、サイモンがぐずぐずするのをやめて、すぐにでも妻を選ぶ必要がある理由だった。

サイモンは庭へ続く道を歩き、レディ・ヘンリエッタが前夜いたあたりに生えているハーブに蠟燭の揺れる炎を近づけた。

あるいは、とりあえずレディ・ヘンリエッタがいたと思われる場所に。どのハーブも見た目もにおいさえも同じに思えた——やはり、見分けるのは難しい。頭皮を剝がれるような痛みが走り、苦痛がさらに激しくなった。どのハーブにも記憶にある白い花びらがついている気がして、痛みのせいですべての草花がぼんやりと重なって見える。

「左にあるのがナツシロギクです」

サイモンはその声に驚き、心臓が口から飛びだしそうになった。物陰から急に現れたかのように、レディ・ヘンリエッタがサイモンの横を通りすぎてかがみこむと、素手で葉を二枚摘んだ。

いったい、こんなところで何をしているんだ？　こんな時間に。夕食のときに着ていた、ひどくそそられるドレスのままで。

こんな時間にはベッドに入っているはず。寝ているはずなのだ。頭痛を悪化させないように。あるいは……サイモンは警戒するようにヘンリエッタを見た。

あるいは、自分が庭にやってくることを知っていたのではないかぎり。

ハーブに詳しいことで、レディ・ヘンリエッタは間違いなく有利な立場にいる。彼女がアンや父の愛人のような女だったら、その立場を存分に利用するだろう。

それが苦痛に襲われて弱っている伯爵が救いを求めてやってくるのを待ちかまえていることだとしても。

少しばかり長くためらいすぎたのか、レディ・ヘンリエッタは葉を持ったまま焦れてため息をついた。「ハーブの効果はもう説明しなくてもいいですよね。で、で、でも、注意してください。ハーブは一時的に痛みがやわらぐだけです。痛みの原因を突き止めないと、根本的には治りませんから」

サイモンは危うく笑いそうになった。頻繁に襲ってくる痛みの原因も、その原因を治すことができないことも、いやになるほどわかっている。裏切りと心の傷を癒す治療法はない。少なくとも、サイモンが試してみたいと思う治療法は。

それでも、サイモンは差し出された二枚の葉を受け取ってかみ、その苦味を飲みこんだ。効きめはすぐに現れ、頭で轟いていた音はささやき声にまで鎮まった。

ヘンリエッタは横を通りすぎ、先ほどまで立っていた場所にしゃがみこんで、ティーカップを手にした。「もう湯気は立ってはいませんけど、ゆうべと同じハーブを調合したお茶です。これで眠れるはずですから。傷を治すことはできませんけど」

「治せるものなどないから」サイモンははっきり言いきった。「それでも、あなたが調合してくれたお茶はいただくし、感謝します。あなたの……先見の明に」蠟燭を道に置き、ヘンリエッタからお茶を受け取ろうとすると、互いの指先が触れあった。

サイモンの腕に衝撃が走り、うなじの毛が逆立った。

レディ・ヘンリエッタもふたりのあいだで起こった何かを感じたかのように後ずさった。そして手で両方のひじを抱えるようにして、ささやいた。「先見の明がなくても、あなたが痛みで苦しんでいることも、痛みをやわらげるためにどこへ向かうのかということもわかります」

「ほう？」伯爵の義務として夜の行事に出席していたあいだも頭痛に苦しんでいたのは、それほどあからさまだったのだろうか？　うまく隠していたつもりだったのだが。サターフィールドの冗談に笑いさえしたというのに。

「夕食のとき、少し落ち着かないご様子でしたし、そのあとのお茶の時間も……ひっきりなしに指でこめかみを押さえていらっしゃったから」

サイモンは目を険しく細めた。レディ・ヘンリエッタは思っていたよりはるかに観察眼が鋭いようだ。「それで、あなたの手助けが必要になるかもしれないとわかったと？」

レディ・ヘンリエッタは肩を小さくすくめた。「わかる者にとっては、そういう仕草で察しかつきます」

「レディ・ヘンリエッタ、あなたから見たら、ぼくはひどくわかりやすい男にちがいない」

ヘンリエッタは目を大きく見開いた。「とんでもない！　夕食のときは本当に驚きました」

「驚いた？」まだ頭痛が少し残っているにもかかわらず、サイモンは眉を吊りあげた。「サターフィールドの意見に反対して、カエルの重さを正しく当てたのはあなたですよ」

「ええ」ヘンリエッタはゆっくり答えた。「でも、まさか、わ、わ、わたしを散歩の相手に選んでくださるとは思わなかったので」

サイモンはハチミツで甘くした温かいお茶にむせた。

「甘すぎました？」ヘンリエッタが訊いた。

「いいえ」サイモンはお茶を飲みほして、腰のあたりでカップを持った。レディ・ヘンリエッタは最初はほかの女性を選んでいたことに気づいていたのだろうか？　最初に心のなかでミス・サクストンを選んでいたのはそれほどあからさまで、なぜ心変わりしたのか尋ねたいと思っているのだろうか？

サターフィールドがレディ・ヘンリエッタをしつこく追いまわしているのも、自分がミス・サクストンを妻に選ぶと思っているからなのだろうか？　自分はレディ・ヘンリエッタの魅力に関心がないと思われているのだろうか？

いや、もちろん、関心などないが。シルクのような黒髪と比類ない美貌を持つレディ・ヘンリエッタは妻に選べる女性ではない。

そして、そういう自分はとんでもなく嘘つきなまぬけだ。レディ・ヘンリエッタの卵形の顔と目鼻立ちは、片目で見ても充分にその優雅さがわかる。大きく開いた襟ぐりのレースを押しあげる、ふたつの豊かなふくらみのことも。

サターフィールドもそうだろう。

「残念ながら、ぼくはあなたが思っている以上にわかりやすい男です。先代伯爵のご長女と一緒に敷地を見てまわれるなんて、このうえなく光栄ですから。この屋敷を案内していただくのに、これほどふさわしい方がいますか？」

「まあ、ええ。そうですわね」レディ・ヘンリエッタは敷石に視線を落とした。「そ、そ、それでは、また明日」

ヘンリエッタは暗い道を歩きはじめた。象牙色をした靴の音が苔に覆われた敷石で響いている。

アマースト伯爵に選ばれたのはハーブについての知識があるからだなんて、ばか正直に信じていたの？　伯爵が女性に教えを乞いたいと思っているとでも？　伯爵が選んでくれたのは、辛かったときに助けてくれた相手で、ハーブについて間違いなく知識があるからだと？

世間知らずにもほどがある。

アマースト伯爵が散歩の相手に選んでくれたのは親切心で、それ以上の何ものでもない。先代伯爵の長女だから。ただの義理。この領地をよく知っていて、いまや彼のものとなった屋敷を案内させるのに便利だから。

話すのがへたで、明らかに身のほどをわきまえていない頭でっかちの娘に求婚することなんて本気で考えるわけがない。

単純な男は、単純な女が好き。セアラはそう言っていた。ただし、アマースト伯爵は決して単純ではないけれど。単純な男性にはほど遠く、どこを取っても謎めいていて、ロンドンの悪名高い醜聞紙が声高に責めたてている評判とことごとくちがう。〝黒伯爵〟は薄情な恥知らずであり、残酷で不機嫌な男だと長らく思われてきたのだ――でも、いまヘンリエッタが庭にひとりで残してきた男性は、そんな評判とは正反対だ。

自分の考えちがいという可能性はあるだろうか？

あるいは、こちらがアマースト伯爵に対して抱いている考えこそ、間違っているのではないだろうか？　そうだとしたら、もっと悪い。自分はプラムバーンを手に入れるために、伯爵を裏切っているのでは？

頭が痛くなってきた。アマースト伯爵の過去に関する憶測がささやかれるのを聞き、母にたびたび礼儀作法を注意されて長い夜を過ごしたせいだ。いまヘンリエッタが望むのは、自分が調合したお茶を飲み、ベッドに入ることだけだった。

ヘンリエッタはまた一歩進んで、ため息をついた。恥ずかしさのあまり、ティーカップを忘れてきてしまった。お気に入りのカップ。父が好んでよく使っていたカップだ。返してもらわないと。ヘンリエッタは踵を返し、アマースト伯爵が左手で左のこめかみを押さえてまだ立っている場所へ急いで戻っていった。

「レディ・ヘンリエッタ？」

アマースト伯爵の疲れた顔には驚きと辛さがはっきり表れていた。その苦しみは蠟燭を近づけなくてもわかる。彼には休息が、手助けが必要だ。おそらく、お茶のお代わりが。

ヘンリエッタは深呼吸をすると、わずかに残っていた勇気をかき集め、信頼してもらえそうな声で話しかけた。「散歩のことですけれど。明日まで待たなければいけない理由がありますか？　いま散歩するのはいかがでしょう？　庭の反対側にある厨房まで一緒に行ってくだされば、痛みをやわらげるお茶をもう一杯いれられますから、一石二鳥です」

「ぼくと一緒に散歩がしたいと？　ふたりきりで？　こんな夜に？」サイモンはいぶ

かしんで訊いた。

彼が不審に思うのは当然だ。ヘンリエッタはひとりきりで付添役もいない。しかも、〝黒伯爵〟と一緒。

怖がって当然だ――少なくとも、不安になるとか、警戒するとか。

けれども音をたててヘンリエッタの全身を流れている感情は、降ってわいた機会に対する興奮だけだった――完璧な話し方を身に着けたミス・サクストンも、こちらが落ち着かなくなるほどの関心を示して見つめてくるサターフィールド侯爵もいない場所で、アマースト伯爵とふたりきりの時間が持てる。伯爵のひととなりを醜聞紙の記事と比べる絶好の機会であり――どうして伯爵の名前が出るたびに自分の血が騒ぐのかを確かめることもできる。ヘンリエッタが彼の手からティーカップを受け取ると、冷たい指先が伯爵の温かい指をかすめた。たまたま触れただけなのに、てのひらから腕へと痺れが伝わってくる。「ぜ、ぜ、ぜひご一緒したいんです。もちろん……お付きあいくだされば、ということですけれど」

アマースト伯爵は驚いたらしく、目をしばたたいた。「ええ、もちろん。喜んで。

ただ、付添役がいないのが気になるだけで」

「わ、わ、わたしがどこで、ど、ど、どなたと会うつもりなのか、妹たちはわかっていますから」

「そうなのですか?」アマースト伯爵が近づくと、ヘンリエッタの心臓は発作を起こしそうなほど速く駆けだした。「それなのに、何の心配もせずに〝黒伯爵〟がいる真っ暗な庭へお姉さまを送りだした?」

ヘンリエッタはうなずいた。「ええ。ご気分が悪いのですから、なおさら心配などしません」

「気分なんて悪くない」サイモンが顔をしかめると、ヘンリエッタは目をむいて空を仰いだ。

「そ、そ、それはどうでしょう。厨房はすぐそばです。明らかな事実を否定しながら静かな庭を眺めていることもできますけど、一緒に散歩をして、厨房にあるハーブを探しにいくこともできます。伯爵さま次第です」

サイモンは唇のはしを引きあげ、小さくお辞儀をした。「厨房へ」

ヘンリエッタは全身が熱くなるのを感じた。そしてヘンリエッタ自身の命令に背いて勝手に微笑んでいる唇を彼に見られないよう背中を向けた。

アマースト伯爵が隣に立つと、セージと革のにおいがした。もちろん庭にもセージはあり、植えてある場所はふたりが立っているところからそう遠くはないが、このにおいは風でそよいで漂ってきたものよりはるかに強い。

おそらく、石けんにセージを染みこませているのだろう。ヘンリエッタは考えられるかぎりのさりげない方法で、アマースト伯爵に身体を近づけた。まったくさりげなくならなかったが。

わきによろけ……伯爵の力強い腕のなかに飛びこんでしまったのだから。

どうしよう。

アマースト伯爵に触れられ、温かい腕に包まれて、ヘンリエッタの心臓は跳ねあがった。心臓が激しく打ち、耳の奥で血が轟いているのを聞きながら、ヘンリエッタは何とか身体を起こして、少しでも落ち着きを取り戻そうとした。

「レディ・ヘンリエッタ？　どこか……具合が悪いのですか？」

ヘンリエッタは真っ赤になって、ティーカップを乱暴につかんだ。「参りましょうか」アマースト伯爵の腕から抜けでると、彼の足もとに置いてあった小さな蠟燭を取るためにかがんだ。「この道を行けば厨房に着きます――つまり、厨房に通じている扉に行けるということですけれど」

アマースト伯爵は眉をひそめた。「よく厨房に行くのですか?」

「庭ほどよく行くわけではありません。ただ、その扉からだと簡単に行けるので……ほかのお客さまに見つからずに、に、に、逃げたいときに」せっつく母から逃げたいときも。「もし、何かわたしにご用があるときは、たいていここにいますので」ヘンリエッタは続けた。

「庭の手入れをするために?」

そのとおり。でも、土で手を汚しているなんて認められない。うまく話せないだけでなく、つまらない娘に思われてしまうだろうから。

「本を読むためです。それに、ひとりになりたくて」ヘンリエッタは微笑んだ。すべてが嘘ではないけれど、田舎じみた、伯爵夫人の役割にはふさわしくない娘だと思われるよりはいい。

「本を読むため」

ヘンリエッタは顔をしかめた。口を滑らせてしまった。またしても。

「小説です。くだらない本ですけど、た、た、退屈なときだけ」舌が重くなり、言葉をうまく発音できない。

「ぼくが気に入っている本のなかにもくだらない小説がありますよ」

ヘンリエッタは目をしばたたいた。「小説を読むのですか？」

「詩でも、醜聞記事でも、好みのものであれば何でも読みますが、正直に言えば小説がいちばん好きです。ページのなかの想像の世界なら、混乱した言葉のなかなら、つかの間であっても、解放されるから」

「何から？」

「人生そのものです」アマースト伯爵はしばらく黙ったあと、付け加えた。「それに、噂からも」

もちろん、噂のことは知っていて当然だ。知らないと思っていたなんて、何と愚かだったのだろう。

　ヘンリエッタは首を傾けて、すばやくアマースト伯爵の横顔を見た。唇を固く結び、一瞬目を閉じた。

「頭痛は……長い時間読書をしたあとに起こるのですか？」

　サイモンは額にしわを寄せて、ヘンリエッタを見た。「ときには。どうして？」

「め、め、目の使いすぎかもしれないと思って。本の読みすぎで、目に負担が――」

「頭痛の原因は卑劣に裏切られて心に深刻な傷を負ったこと、それに何とか妻を娶れたとしても、その妻が息子を産めなかったら、ならず者の弟がプラムバーンを継ぐことになってしまうという、とてつもない不安です。読書はほんの少しの負担で、最高の見返りを与えてくれる楽しみだ」

　ヘンリエッタは息を呑んだ。口をきくことができず、何か言いたくても言葉が出てこなかった。

「申し訳ない」サイモンはつっけんどんに言った。「あなたに個人的な悩みを打ち明けるつもりなんてなかったのに」

「いいえ――」

「不適切な話だった。ところで、このお茶は、あなたも飲むのですか？」

「え、え、えっと」言葉が出てこない。「わ、わ、わたし？」

「飲むのですか？」

「いいえ、その、えっえっと、わ、わ、わたしは――」ドレスの裾が敷石に引っかかり、ヘンリエッタは話を中断した。そして裾をあげたときに、道端でラヴェンダーの茎がそよ風でやさしく揺れているのが見えた。ヘンリエッタは茎を折り、よい香りのする花を鼻に近づけた。

大きく息を吸い、口もとの筋肉に神経を集中して、心を落ち着かせるにおいで考えを整理し、神経をなだめた。「わたしはいろいろな種類のハーブを調合しています。それぞれ特定の病気や不調を癒すためのもので、独自の効果があるので。あなたに差しあげたのは休息を促すためのお茶です」

「あなたのは？　ちがう効果のお茶？」サイモンはヘンリエッタが持っている茎に視線を落とし、黒い眉を吊りあげて礼儀正しく質問した。

「はい」

「どういう効果？」

「頭をすっきりさせる効果です」

サイモンはわずかに微笑んだ。

「レディ・ヘンリエッタ、お茶を飲みにいきましょう。ぼくたちの健康のために」

お茶の効果を得るために。きっと効果が必要になるはず。ヘンリエッタの頭はすでにいっぱいだったから——黒髪の片目の伯爵のことで。

7

サイモンが朝の二杯目のコーヒーを飲んでいると、開いている書斎の窓から風に乗った笑い声が聞こえてきた――幸いなことに、レディ・ヘンリエッタのふわふわした高い声はそのなかにないようだった。

「彼は子どもを産んでくれる花嫁が欲しいのよってお母さまは言うのだけれど、今朝の新聞には彼がこのお屋敷にいるのは愛人を見つけるためだと書いてあったわ。まえの愛人と同じように殺すために」

「あなたは彼が無実だと信じていないの？」

「あなたは信じているの？」

サイモンは机から立ちあがり、娘の答えを聞くために耳を澄ました。

「アマースト？」

なじみのある声がして、サイモンはぎくりとした。サターフィールドがドアから入ってきて、暖炉のまえを歩いてきた。「馬に乗る時間はないか？　きみの情熱的な恋について盗み聞きしたあとでいいから」あごで窓のほうを示した。「きょうはどんな話だい？　きみの愛人だった幽霊が復讐してやるとうめいていたって？」

サイモンは目をむいて天井を見あげた。「そのほうがましさ。ぼくが五年も離れていたイングランドに戻ってきたのは愛人を探すためらしい——また殺すために」

「なるほど。で、どうなんだい？」サターフィールドは尋ねた。「もう愛人を選んだ？　いや、妻にしたいと思う女性は決まったのか？」

サイモンは視線をあげて、友人と目をあわせた。「ぼくの花嫁候補たちとはまだ二日しか過ごしていないのに選べるはずがない」〝ぼくの〟という言葉を強調して、このばかばかしい催しの目的をはっきりと思い出させた。

「誰がいちばん妻としてふさわしいかなんて、すぐに判断できるだろう。たとえば、ミス・サクストン。彼女は明らかにきみに夢中だ」

「夢中になっているのはぼくの財布だろうが、ミス・サクストンはほかの女性たちより気にしていないみたいだ。その……」サイモンは顔のまえで片手をふった。

「眼帯か？」サタフィールドが代わりに言った。「そいつはきみが悪いんじゃない」

サイモンは机の上のどっしりとした真鍮のレターオープナーを持ちあげて、彫刻が施された柄を親指でなでた。サターフィールドに言われるまでもなく、悪評のせいで自分がどれだけ犠牲を払っているのかはわかっている——過去を乗り越え、世間の詮索をついに終わらせるには、一点の曇りもない経歴と血筋の立派な妻を迎えることが必要であることも。

「ミス・サクストンの評判なら非の打ちどころがない」サターフィールドは続けた。「それに子爵の娘で印象もいい。気品もある」

「そのとおりだ。だが、それならレディ・イザベラや……」サイモンが口ごもって窓の外に目をやると、レディ・ヘンリエッタの姿が見え、急に脈拍が速くなった。「先代伯爵の令嬢たちも同じだ」

サターフィールドは目尻にしわを寄せて忍び笑いをした。「そうだな……評判を大目に見れば」

「何だって？」サイモンは先代伯爵の令嬢たちについては評判を汚す点は何ひとつ耳

にしていなかった――自分や、自分が犯したと疑われている犯罪との関わりを除けば。

サターフィールドは軽薄に肩をすくめた。「三人はアメリカの船会社に投資してかなりの配当を受けている」

「ああ。ウェイヴァリー公爵も同じことをしているところこのまえ聞いた。というか、ウェイヴァリー公爵がその手のことに関心があって、ビーチャム家とも繋がりがあると教えてくれたのはきみだろう」

「そのとおり」

サイモンは期待に満ちたサターフィールドの顔を見て眉をひそめた。「アメリカに親近感を覚えている遠縁の娘と結婚することで、どうして爵位を危険にさらすことになるのかわからない。どちらかと言えば、姉妹がウェイヴァリー公爵と繋がりがあれば、社交界でぼくの評判を取り戻すには有利じゃないか」

サターフィールドは首をふった。「それはぜったいにない。ウェイヴァリー公爵夫妻が許されているのは彼が公爵で、皇太子殿下のお気に入りだからだ。それにウェイヴァリー公爵はとてつもない金持ちで、社交界の半数が何らかの形で金を融通してもらっている。ウェイヴァリー公爵は確かに善人だが、どんなに彼が否定しても、奥方の評判が公爵の名を汚しているのは間違いない。奥方がアメリカ人なのだから、アメリカの親族と距離を置かないかぎり、ウェイヴァリー公爵夫妻はある種の不名誉から逃れられない。きみの遠縁の娘たちも同じだ」

「きみは細かいことにこだわるんだな」

「アメリカとの繋がりがなかったとしても、あの姉妹は礼儀に欠けている」サターフィールドは食いさがった。

「三人とも愚かだ。上流社会の笑いものさ。とりわけ長女のレディ・ヘンリエッタは」

「レディ・ヘンリエッタ？」サイモンは鋭い声で訊き返した。

「ああ」サターフィールドは上着のポケットからハンカチを取りだしてブーツにかすかについていた埃を拭った。「かわいそうに、呪われているみたいに災難にばかりあっている。言葉がうまく話せたとしても、沼に落ちたり、水をかぶったりしているんだから。だが、失敗も悪いばかりじゃないな。レディ・ヘンリエッタが無様な失敗をしたおかげで、身体の線が——」

「レディ・ヘンリエッタはぼくの先代の令嬢だ」サイモンはレターオープナーの柄を強く握りしめた。「その論理でいくと、レディ・ヘンリエッタかふたりの妹たちのいずれかが、賢明な選択肢になるな」もちろん、三姉妹の誰かと結婚するつもりはない。だが、自分の遠縁の娘を思い出しているときに、友人の顔に本能的な欲望が浮かんだのが気に食わなかった。

その娘は淫らな思いとともに、サイモン自身の頭をいっぱいにする女性なのだから。

「論理的にはそうだ。ただし、あの姉妹に落ち着きがあればね。アマースト、まさか本気でビーチャム姉妹の誰かを選ぶつもりではないだろうな。この集まりの目的は息子を産んでくれるだけでなく、きみの名誉を挽回してくれる花嫁を選ぶことじゃないのか」

「目的は変わっていない」

「それなら伯爵夫人にはミス・サクストンを選ぶことを強くお勧めするよ。貧しいが、子爵の令嬢という身分だ。それも有力な子爵だからね。気に入ってもらえば、きみの過去は忘れるよう父親がほかのひとたちを説得してくれるさ。裁判のことも忘れられる。アマースト、ロチェスター子爵はそれができる男だ。ミス・サクストンに求婚すべきだ。それも早急に。きみの弟がいまの状況から推測して、きみが戻ってきたのは跡継ぎをつくって、弟が爵位を相続する可能性をつぶすためだと気づくまえに。あんな大ばか者に爵位を継がせるなんてとんでもない。そのためにはビーチャム家の娘たちは確実な結婚相手とはいえない。それに花嫁選びはきみだけでなく、彼女たちにとっても重要なんだ」

サイモンはゆっくりうなずいた。サターフィールドの助言はもっともだった。確かに、愚弟がサイモンが帰国した本当の目的に気づかないうちに、一刻も早く花嫁を選ぶべきなのだ。ミス・サクストンなら花嫁の条件にあう。彼女はまさにサターフィールドが言ったとおりの女性だった――名家の出で、父親はアマースト伯爵家についた傷を消す力を持つ、尊敬される子爵であり、いずれサイモンの遠縁の娘たちがやさしい夫を探すときにも手を貸してくれるにちがいない。

ミス・サクストンは花嫁として最高の選択なのだ。どうやら、サイモンの目の傷も気にしていないようなのだから。

だが、笑い声が高すぎる。目も無表情だ。それに容赦なく本音を言えば、話がひどくつまらない。共通点がほとんどないのだ――どちらも結婚したいと望んでいること以外は。彼女と死ぬまで添い遂げるのかと思うと……まったくそそられない。

そのいっぽうで、ほかの誰かがレディ・ヘンリエッタと結婚することを思うと、こぶしを握らずにいられなくなってしまう。

そのとき短くドアをノックする音がして、執事が入ってきた。うつむき、いくぶん生気のない顔をしている。

「アルフレッド」サイモンはもっと近づくよう身ぶりで示した。

「レディ・デューベリーからご伝言を預かりました。レディ・イザベラは体調が悪いので、本日の行事に参加なさらないそうです。レディ・デューベリーも苦しんでいるお嬢さまのそばにいたいということで」

サイモンは顔をしかめ、散らかった机の上にレターオープナーを置いた。「体調以外の理由を話していたか？」

「いいえ。レディ・イザベラはひとまえに出られる状態ではないということだけ」

サターフィールドが執事のほうを見た。「ひとまえに出られない？」

「さようでございます」アルフレッドは答えた。「お医者さまを呼んでほしいと」

「もちろんだ。ご回復を祈っていると、お見舞いの言葉を伝えておいてくれ」

アルフレッドはお辞儀をして出ていった。

ふたりの若い娘が次々と具合が悪くなったって？　そんなことがあるものだろうか？

レディ・ジョージアナにつづいてレディ・イザベラも？

サターフィールドは窓の外を眺めると、視線をサイモンに戻した。「アマースト、ぼくならすぐに結婚する意思があることを伝える。ミス・サクストンが心変わりして、ふたりのあとに続かないうちにね」

「ふたりのあとに続かないうちに？」サイモンは眉をひそめた。「サターフィールド、レディ・イザベラは仮病だと言うのか」

「可能性はある」サターフィールドは机をすばやく見て、鼻を鳴らした。「窓の外のひそひそ話を聞いただろう。それにここにも書いてある」サイモンの机に広げられている醜聞記事のひとつを指した。

「憶測が記事になっている。きょうの嘆かわしい記事を読んだだろう。ここにいる女性たちは心から夫を欲しがってはいるが、きみの悪評を背負うつもりもなければ、そんな力もないということをよく考えるべきだ」

「可能性？　確かに可能性はあるかもしれない。だが、彼女たちは招待を受けるまえから、噂のことはよく知っていたはずだ」サイモンが乱れた髪を片手でかきあげると、肩をすくめるサターフィールドのうしろに置かれた木の書見台が見えた。

「それでも、きみの悪評を思い出させる新聞が毎日届くんだぞ」サターフィールドは机の上の新聞をめくった。「ぼくなら、鉄が熱いうちに打つ……噂がもっとひどくならないうちに」

サイモンはサターフィールドの横を通りすぎ、書見台に置かれている本の挿絵が入ったページを見つめた。「的確な助言だが、ぼくは……」

「何を迷っているんだ？」サターフィールドはサイモンのまえにある本を見て、眉をひそめた。

「サターフィールド、午後の乗馬は断るよ。夕食のときにレディ・ヘンリエッタと散歩の約束をしたから。ぼくが約束を破るのがどれほど嫌いか、きみもよく知っているだろう」

何か、妙なことが起きている。

ゆうべ、アマースト伯爵と庭を歩いたことだけでなく。それに、午前中ずっと母から疑うような目で見られているせいでもない。

ヘンリエッタは母からも妹たちからもせっつくように質問をされ、それをかわしているうちに、コルセットに忍ばせたラヴェンダーの花束の香りでは揺さぶられた神経をなだめられず、厨房に引きこもらずにはいられなくなった。

そこで繊細な花を手で傷つけないように注意しながら、二日まえに摘んだハーブを調べた。ヘンリエッタが使うために置いてある古い小さなテーブルの上に爪をこすりつけるようにしてハーブを分けるのだ。テーブルは大きいほうの厨房の奥にある小さなアルコーヴに押しこまれている。煉瓦の壁に囲まれて、窓がひとつだけある居心地のよい場所は、収穫したハーブを乾燥して治療用に調合するのに最適だった。この居心地のよい部屋の存在を知っている者はわずかで、有能でとても忙しいプラムバーンの使用人だけが入れるこのアルコーヴに入ってこようとする者は、さらに少ない。

それなのに、収穫したハーブの四分の一がなくなっているのだ。間違いない。自分とアマースト伯爵の分のお茶をいれたにしても減りすぎている。カモミールの花、ペパーミントの葉、それにウスベニタチアオイの根もなくなっている。

この屋敷で収穫したものを勝手に使われるのも変だけれど、さらに奇妙なのは苦労して調合した、ローズハーストから持ってきたハーブも消えていることだ。乾燥させて調合したハーブが詰まったかばんを見かけたメイドはひとりもいない。

ハーブがとつぜんなくなったり、跡形もなく消滅したりするはずがない。誰かが持っていったのだ。間違いない。でも、誰が？　なぜ？

助けが必要なら、ヘンリエッタは誰にでも喜んでハーブを分けるつもりでいる。痛みを癒したいというひとを拒んだりするはずはない。だからこそハーブが盗まれたことにうろたえた。レディ・ジョージアナの喉の炎症にはペパーミントとウスベニタチアオイが必要なのだ——アルビーナはとても不満そうだったけれど、今朝ヘンリエッタはレディ・ジョージアナの様子を見て、間違いなく喉の炎症だと判断したのだ。

そしてレディ・イザベラの辛そうな顔には、過敏症らしき発疹が出ていた。気の毒なことにレディ・イザベラの皮膚は何かにひどく反応したようだが、それが何なのかはわからない。ヘンリエッタがレディ・ジョージアナとレディ・イザベラを訪ねることを母は喜ばなかったが、ふたりには感謝された。ヘンリエッタが調合した熱いお茶をきちんと飲めば、症状は簡単に治まるはずだからだ……必要なハーブさえあれば。

ヘンリエッタはラヴェンダーの茎を鼻に近づけて、気持ちを落ち着かせる花のにおいを吸いこんだ。保管しておいたハーブがどうしてなくなったのか考えずにはいられなかったが、考えたところでふたりの苦痛をやわらげるお茶はつくれない。

ヘンリエッタは補充しなければならないハーブを頭に入れると、ラヴェンダーの茎を置いて厨房の裏口から庭へ続く道へ出た。

空では夕方近くの太陽がすでに傾いており、海から吹く潮風はゆうべアマースト伯爵と歩いたときよりはるかに冷たい。ヘンリエッタはすり減って苔に覆われた敷石で靴音を響かせながら、歩き慣れた道を急いだ。

そして最後の角をまがり、花が咲いている庭へ入った。緑色の葉のなかに黄色や白の花びらが点々と浮かび、風にあおられる空気のなかには濃厚なにおいが漂っている。ヘンリエッタは許されるものなら、枕と毛布をこっそり持ってきて、心休まる植物に囲まれて眠りたかった。

だが、両手をイングランドの黒い土で覆われ、道に膝をついているのは〝黒伯爵〟だった。

「伯爵さま?」アマースト伯爵は前かがみになって真剣に何かを見つめており、その横顔がとても美しい。いったい、何をしているのだろう? こんなところで。ヘンリエッタの愛するハーブ園で、シャツの袖をまくりあげて、ひじまで土につけて。

アマースト伯爵はヘンリエッタのほうに顔を向けたが、深みのある茶色い目には彼女がやってきたことへの驚きは表れていなかった。

「ああ、レディ・ヘンリエッタ。いつになったら戻ってくるのだろうと思っていました。荒らした場所を直しにきたのですか?」

「あ、あ、荒らした場所?」ヘンリエッタはアマースト伯爵の鋭い視線から目を離せないまま、訊き返した。

アマースト伯爵は土で汚れた両手をあげて、めちゃくちゃになっている植物を指した。ヘンリエッタの目は銀色がかった灰色のしおれた茎と、その根もとで山になっている掘り返されたばかりの土に釘づけになった。

アマースト伯爵は植物を移動させているか、あるいは掘り返しているようだった。

「わ、わ、わたしは何も——」

「植物にとても興味があるということだったから、もう少していねいに扱っているものとばかり思っていました」アマースト伯爵の口調は厳しく、言葉は率直で、顔はひどく落胆していた。

ヘンリエッタは胸が苦しくなり、衝撃のあまり手が震えた。「でも、わ、わ、わたしは何もしていません」

「ええ、そのようだ。このかわいそうな植物の世話をすることなど考えもせずに、傷つき踏みつぶされたまま、わきに放っておいたのですからね。ぼくがたまたまリコリスの根につまずいたからよかったものの――」

「これが何かご存知なのですか？　あ、あ、あなたが植物に興味がおありだとは思いませんでした」実際、二日まえの夜はこの分野には疎く、植物を見分ける知識がないと話していた。

それなのに、いまはここにいて、倒れた植物の名前を正しく呼んでいる。

「興味がなくても、植物の名前を正しく呼ぶことはできます」

「でも、ゆうべはナツシロギクとカモミールも見分けられなかったわ」

「ええ。植物に関する知識は本で学んでいると、あるひとが教えてくれるまでは」アマースト伯爵は立ちあがり、両手とブリーチズについた土を払ったが、淡い黄褐色の生地にはうっすらと土の跡が残っていた。「プラムバーンの図書室にはこの分野に関する本がたくさんあることをご存知でしたか？　植物の種類に関する本がこれほどそろっている図書室はほかにはない」

「本」ヘンリエッタはそれ以上の言葉を発することができずにつぶやいた。耳の奥で血が音をたてて流れている。アマースト伯爵は図書室に入ったの？　わたしが勧めた本を探すために？

感動したのはそれだけじゃない。彼はその知識を使って、ひどい扱いをされた植物の名前を正しく呼んだのだ。驚きのあまり、ヘンリエッタは全身が麻痺したように感じた。これまで植物への関心に価値を見出してくれたひとはいなかったのだ。少なくとも、父以外では。

「ええ、本です」サイモンはこともなげに言った。「具体的に言うと、リコリスの根の使い方が載っているページが開いたままだった本です」

ヘンリエッタは目をぱちくりした。「わたしはペパーミントとウスベニタチアオイを取りにきたんです。保管場所からなくっていた、ほかのハーブも一緒に」

目を覆う黒い眼帯の上の傷痕が残る眉が吊りあがった。「このハーブを引き抜いたのは自分ではないと言うのですか？　おとといの晩にあなたが話していた本が、まさにこのハーブについて説明してあるページで開かれていたのが証拠だというのに」

「わ、わ、わたしが何か悪いことをしたと言うのですか？」

サイモンは獲物を追いつめるネコのようにしなやかな足取りでヘンリエッタに近づいた。「あなたはぼくが妻となる女性を見つけることだけを目的にして開いたパーティーの出席者だ。ということは、あなたも妹さんたちもほかの女性たちも、ぼくに求婚されるために競いあっている。ほかの女性がひとりふたり病気になって一時的にいなくなれば、あなたが選ばれる確率が高くなるのでは？」

ヘンリエッタは胸がふくらむほど思いきり息を吸いこんだ。何という厚かましいひとなの！　わたしのことをほかの女性を痛めつけても平気な人間だと思っているわけ？　伯爵を手に入れるために？

自分が手に入れたいと思っているのはプラムバーンだ。犯してもいない罪について責めたててくる、自分のことばかり考えているうぬぼれた伯爵ではない。

ヘンリエッタはもう本も、大切な絵も、愛するハーブ園も、レディ・ジョージアナかミス・サクストンに譲ってもいいと思いかけた。そうしたものには、このひとでなしの伯爵がついてくるのだから。伯爵なんて、これっぽっちも欲しくない。

それでも、やはりハーブ園は欲しかった。本も。絵も。

ヘンリエッタはこぶしを握り、歯を食いしばったけれど、反論はできず、サイモンに背を向けた。そして頭が猛烈な勢いで回転し、血が沸きたつなか、厨房へ戻る道を歩きはじめた。

するとごつごつした手に腕をつかまれ、足を止めた。「もし気に障ったのなら——」

「もし？」ヘンリエッタは手をふり払い、ひどい男のほうに向きなおった。「本が開いていたというだけで、ほかには何の証拠もないのに、間違ったことで責めたてたうえに、わ、わ、わたしが未来の伯爵夫人になる確率を高めるために、誰かを傷つけようとしているなんて仄めかしながら〝もし〟などとおっしゃるのですか？」

「では、ほかにどう考えろと？」

「わ、わ、わたしにも良心があると。それに、健全な道徳観も。わ、わ、わたしはこの屋敷にいるほかの女性たちに対して、何の悪意も抱いていません。そ、そ、それに、伯爵夫人になりたいと考えていることは否定しませんけれど、な、な、なりたいのはい、い、あなたの奥さまではなくて、プラムバーンの女主人です」

サイモンのまっすぐな鼻の孔がふくらんだ。「どうやら、ぼくの勘ちがいだったようだ」

アマースト伯爵は謝罪が得意ではないらしい。その言葉は自責の念に欠け、怒りに燃え、ヘンリエッタのせいではない苦々しさが満ちている。

「そのようですね」ヘンリエッタはあごをつんとあげた。そしてサイモンの横を通りすぎると、めちゃくちゃにされたハーブの上にかがみこんだ。傷つきしおれてはいるが、葉はアマースト伯爵が言ったとおり、リコリスだとわかる。

それでも、アマースト伯爵の覚えの速さと記憶力に感心していられる余裕はなかった。誰かがこのハーブを引き抜き、その事実を隠そうともしなかったのだ。リコリスには非常に多くの効能があるが、誤った使い方をすると危険だ。摂取しすぎると、多くの不調が起こり、重篤な症状に陥る場合もある。ハーブを正しく見分けることと、薬効成分を知ることはちがうのだ。

アマースト伯爵の推測を裏づけるのは本意ではなかったが、誰かが悪意を持ってハーブを集めた可能性はある。彼が図々しく指摘したように、屋敷にいる女性たちはみなアマースト伯爵に求婚されることを望んでいる。もちろん、ヘンリエッタの妹たちはちがうが。しかしながら、立派なふるまいかどうかはともかくとして、誰かが自分のためにハーブを集めているという可能性もある。誰かが胃腸の不調に苦しんでいるのにばつが悪くて言えないのかもしれないし、何らかの刺激で発疹が出たことを隠しているのかもしれない。

最悪なのは、リコリスの使い方をよく知らない誰かが、部屋に閉じこもっているという可能性だ。

ヘンリエッタは胃が引きつるのを感じた。唇をかみ、羽状の葉をいじる。「わたしが保管していたハーブでなくなったものがあるんです」葉を見つめたまま言った。

重々しいバリトンの声が庭に響いた。「保管していたハーブ？」

「おとといの夜に摘んでかごに入れておいたハーブです。三回もかごの中身を確かめました」ヘンリエッタは顔をあげてサイモンを見た。「いくつかの種類がなくなっていたんです」

「あなたのハーブに近づけたのは？」サイモンが声をひそめて訊いた。

「わ、わ、わたしは厨房のアルコーヴを使っていました。そこに行くひとは限られていますし、ハーブがあることを知っていたひとは少ないはずです」ヘンリエッタが立ちあがると、頭がアマースト伯爵の目の高さになった。「い、い、いったい何が起きているのかわかりませんけれど、ハーブを間違った組みあわせで使ったり、量が多すぎたりすると、深刻な問題になる恐れがあります」

アマースト伯爵が親指であごの先をなぞると、白い肌に黒い筋が残った。「どうやら、ぼくたちは謎を抱えてしまったみたいだ」

ヘンリエッタはアマースト伯爵のあごについた黒い筋に目を奪われ、一瞬足もとで倒れているハーブのことを忘れた。「少し、土がついています」あごの下のやわらかそうな部分を指さした。

アマースト伯爵はヘンリエッタに見られていたことに驚いたらしく、目をしばたたいた。「はい？」

「土です」ヘンリエッタはもう一度言った。「ここに」指で自分のあごを突つき、土がついている場所を教えた。

アマースト伯爵がてのひらで喉をこすると、手についていた土がつき、かえって汚れがひどくなった。

ヘンリエッタは目をむいて、首を横にふった。「ちがいます。ここ。ハンカチをお持ちですか？」

アマースト伯爵はヘンリエッタと見つめあったまま、ベストのポケットから四角いリネンを取りだした。「レディ・ヘンリエッタ、あなたはぼくのハンカチと縁があるらしい。あなたとご一緒するときは必ずハンカチを持っていくようにしますよ」

ヘンリエッタは頬がゆるまないように唇をかんだ。「そうですね。今回ハンカチが必要なのはわたしではなくて、あなたですけれど」差し出されたハンカチを受けとり、あごの下の滑らかな肌をこすった。耳の奥では脈拍が大きな音をたてている。

そのとき、サイモンに手首をつかまれ、ヘンリエッタは動きを止めた。胸がどきどきして止まらない。目をじっと見つめられ、いまにも心臓が破裂してしまいそうだ。

「あ、あ、あの――」ヘンリエッタはもごもごと言いかけたが、サイモンに口づけられ、最後まで言葉をつむぐことはできなかった。

ああ、何てやわらかいんだ。

サイモンが重ねた唇を動かし、ふっくらとしたヘンリエッタの下唇を歯でそっとはさむと、大きくふくらんだ欲望が全身を駆けめぐった。五年間、サイモンは女性に触れる喜びを拒んできた。

それをいま埋めようとしているのだ。

サイモンはヘンリエッタの髪に指を滑りこませ、ピンをゆるめた。手にあたる艶やかな髪はシルクのように冷たくやわらかい。

サイモンの身体に火がつき、耳の奥では血が轟いている。キスが濃密になっていくにつれて、欲望はますます激しさを増していった。サイモンはやわらかな唇を傷つけないよう自らを抑えた。

サイモンはレディ・ヘンリエッタが、彼女の純粋さが、自分に責められたときの意外なほどの不屈な意思の強さが欲しかった。でも、何よりもレディ・ヘンリエッタに自分を欲しがってほしかった。この屋敷などではなく。

サイモンが息を吸うために唇を離すと、レディ・ヘンリエッタは息を切らして喘いだ。そして一歩さがって身体を離し、腫れた唇に指で触れた。

「伯爵さま」ヘンリエッタはサイモンのハンカチを握りしめていた。そして困惑と信じられない思いで妖精のような顔をゆがめながら、サイモンを見つめてはまた土で汚れたハンカチに視線を戻している。

自分は軽率だったし、われを忘れていたし、無作法だった。レディ・ヘンリエッタを好きにする権利などないのだ。それなのにすっかり夢中になって自らを抑えられず、正直に言えば、あふれでてくる卑劣な衝動と戦おうともしなかった。

あやまらなければ。だが、言葉が出てこない。レディ・ヘンリエッタは率直に自分を夫にすることには興味がないと話していた。欲しいのはプラムバーンであり、彼女が先代伯爵の娘で、少女時代をこの屋敷で過ごしたことを考えれば、その理由はよくわかる。それでも、サイモンがレディ・ヘンリエッタの唇を奪ってしまったのは、理解することは必ずしも納得することではないからだ。

先ほどの自分は獣《けだもの》のようだった。レディ・ヘンリエッタに関心を持たれる価値のない、人間にもなりきれていない男だ。無理やりキスをしたのが、乱暴な男だという噂が立つのも当然だという証拠だ。だが、サイモンは噂は間違っていると証明したかった――レディ・ヘンリエッタが自分は何もやっていないと真摯に主張したように。

正直に白状するなら、本が開いてあったのは、密会場所であるハーブ園へ自分をおびき寄せて罠にかける作戦だろうと、サイモンは考えていた。未婚の女性とふたりきりでいるところを見られて、サイモンを厳しい立場へ追いこむつもりなのだろうと。かつての愛人アンは策略好きで、どうしても関心を引きたいときには、ぺてんをしてでも気を引こうとしたのだ。

サイモンは好奇心からハーブ園へ出かけたが、予想していたようにレディ・ヘンリエッタはおらず、焦って投げ捨てられたようなハーブがわきに倒れていた。そして、そのハーブが本に載っていたものと同じものだと知ると、さらに疑いを強めた。リコリスは薬効はあるが、過剰に摂取しすぎると毒にもなるハーブだ。

レディ・ジョージアナが急病になり、レディ・イザベラも体調を崩したことを考えると、すぐさま最悪の考えが浮かんだ。

だが、レディ・ヘンリエッタはちがった。自分に責められたとき、目のなかで怒りが燃えたのが証拠だ。

「許してください」サイモンは何とか言葉にしてつぶやいた。だが、本当は許しよりも、自分に抱かれた悦びに身をよじり、その小さな手でこの身体をつかんでほしかった。

くそっ。

レディ・ヘンリエッタはうなずいて、道に視線を落とした。とまどい、途方に暮れた顔をしており、サイモンは抱きしめたくて仕方なかった。

だが、彼女が欲しがっているのは自分ではない。

「ばかな真似をしました」サイモンは続けた。「こんなことは――」

「お願いです」レディ・ヘンリエッタの頰は真っ赤に染まっていた。「これ以上、ひどいことにしないで」

これ以上、ひどいことにするな？　どういう意味だ。彼女はこちらのことを不器用だと言っているのか？　キスがへただと。それとも、片目しかない男に好意を持たれて気味が悪いと思っているのか？

「ゆ、ゆ、夕食まえに着がえないと。そろそろ時間ですから」

「レディ・ヘンリエッタ、どうか許してほし――」

「もう充分ですから」ヘンリエッタは片手をあげて、近づこうとするサイモンを止めた。

サイモンはそれ以上近づかなかったが、どうしてもヘンリエッタに許されたかった。

「どうしてですか？」ヘンリエッタが小声で訊いた。

サイモンは顔をしかめた。レディ・ヘンリエッタは一刻でも早く自分のそばから離れたくて、背中を向けてすぐに去っていくものだと思っていた。だが彼女は額にしわを寄せ、まだ目のまえに立っている。「どうしてというのは？」

「どうして、わたしにキスをしたのですか？」

女性に言いよって理由を訊かれたのは初めてだ。思いがけない質問に、サイモンは一瞬とまどった。「キスしたかったから」正直に答えた。

ヘンリエッタの額のしわが深くなった。「あ、あ、あな――」ヘンリエッタは息を大きく吐きだして唇をなめた。舌がすばやく動くのを見て、サイモンはまたわれを忘れそうになった。「ああ、もう」レディ・ヘンリエッタはハンカチを落とすと、まえに進みでた。そして顔を上に向け、爪先立ちになって、サイモンの唇に口づけた。

驚きのあまり、サイモンは動くこともできなければ、息をすることもできなかった。ヘンリエッタの唇はふわりと軽く触れただけで、まるでサイモンの唇で蝶が舞っているかのようだった。ハチミツのように甘い、よく知っている味だ。サイモンは彼女のたどたどしさに酔い、大胆さに燃えあがって夢中になった。そしてとつぜん動かなくなったときと同じように、またとつぜん身体が動きだし、両腕でヘンリエッタを包みこんで抱きよせた。

サイモンがヘンリエッタの背中からうなじへと手を滑らせると、彼女の唇が離れた。激しさと、満たされていない欲望を見せつけられて、怯えてしまったにちがいない。だが、ヘンリエッタは彼の唇をついばみ、サイモンが望んでいるだけの情熱を伝えようとするかのように、唇を強く押しつけてきた。

サイモンの耳の奥では血潮がうねり、聞こえるのはレディ・ヘンリエッタの唇からもれる誘うような小さな喘ぎ声だけだった。

ああ。

サイモンは両手でヘンリエッタの頬をはさみ、背中におろしている豊かな髪に指を差し入れ、キスを深めた。息があがり、股間は硬くなり、頭はからっぽで、腕のなかの温かくやわらかいレディ・ヘンリエッタの身体が押しつけられている悦びしか感じられない。

ヘンリエッタが唇を離し、半ば閉じた黒い瞳でサイモンを見あげた。「あ、あ、あの——」

サイモンは額と額をくっつけた。「レディ・ヘンリエッタ、夕食まえの準備の時間を奪ってしまいました」

サイモンはヘンリエッタの身体を放し、うしろにさがった。肉体が本当に望んでいることをしろと——この庭で彼女を奪ってしまえと——頭に命じるまえに。

8

ああ、神さま、お許しください。

何て、おぞましい人間なのだろう。おぞましくて、何かに駆り立てられていて、必死だった。とにかく、おぞましい人間なのだ。

そして、導いてくれる父はいない。

もし父が生きていたら、きっと気が咎めることはやめるべきだし、男性に自分からキスをしてはいけないと言うだろう。とりわけ醜聞にまみれ、名前を耳にすれば悪魔もすくみあがるほど邪悪だと噂されている男性には。

でも父が生きていたら、ヘンリエッタはこんな状況にはなく、先祖伝来の屋敷を取り戻して、父の思い出を守ろうと必死になってはいない。そのいっぽうで父がまだ生きていたとしても、彼にさっきのような――キスができなければ、もう息さえできないというような――キスをされたら、どんなしきたりにも逆らって、キスを返していただろう。

アマースト伯爵に熱をこめて触れられたとき、ヘンリエッタの奥で何かが騒いだ。肉体のどこかが。どんなことが起こるのか、それを知るだけでもいいから、のぞいてみたい。

〝キスしたかったから〟

ぞくぞくとした震えが背筋を走った。

「お姉さま、何だか、いつもとちがうわ」

ヘンリエッタは目をしばたたいた。隣にすわり、ふたりを世話するメイドに髪をピンで留めてもらって夕食の席に着く準備をしているセアラが、探るような目で姉を見ている。

「そう？」ヘンリエッタは化粧台の鏡を見つめ、アマースト伯爵の手についていた土が自分の肌に残っていないことを祈った。とくに変わった様子はない。目はよく父にほめられたブランデー色のままで、いつもと同じだ。なだらかな傾斜の鼻もいつもと同じ大きさだし、アマースト伯爵のせいで大きく腫れていた唇もほぼ普段どおりの形に戻っている。

「そうよ」セアラがきっぱり言った。「ぜったいに、ちがう。ただ、何が……どんなふうにちがうのかはわからないけど」片側の黒い眉を吊りあげた。

キスで外見が変わるなどということがあるだろうか？　ヘンリエッタは胸の谷間で揺れている精巧な十字架に触れた。

ヘンリエッタはアルビーナの強い勧めで、夕食にはピンクのドレスを着ていくことにしていた。セアラがいつもとちがうと言うのは、きっと手持ちの衣装のなかでいちばん露出が多いからだろう。大きく開いた襟ぐりから豊かな胸がのぞき、ドレスの淡いバラ色が頬をやわらかなピンク色に染めている。きっと、このドレスのせいで、セアラにじろじろ見られるのだ――それだけの話だ。

「ドレスのせいよ」ヘンリエッタは言った。「いつも選ぶドレスとはちがうから」

セアラは鼻を鳴らした。「いいえ。ドレスのせいじゃないわ。何というか……雰囲気なのよ。お姉さまが醸し出している雰囲気。なぜか、自信にあふれているように見えるの」

「レディ・ジョージアナから体調がよくなったと聞いたの。喉の腫れが引いたそうよ。わたしがいれたお茶が少しは効いたみたい」

セアラはメイドに髪を強く引っぱられ、顔をしかめた。「お姉さまはこれまで何度もひとにお茶を調合してあげてきたけど、こんなふうに雰囲気が変わったことはなかったわ。何だか輝いているように見えるのよ」

「それなら蠟燭のおかげね。ここのは蜜蠟で、わたしたちがいつも使っている獣脂ではないから」

セアラは目を天井に向けた。

「セアラが言っていること、わかるわ」アルビーナがふたりに近づいてきた。海泡石のような白いドレスに、ヘーゼルグリーンの瞳がよく映えている。「お姉さま、別人みたい」

ヘンリエッタは立ちあがって化粧台から離れた。「おかしなひとたちね。わたしはただお茶の効果が誇らしくて、レディ・ジョージアナの回復を喜んでいるだけよ」

セアラはまだすわったまま、鏡のまえでじっとしていた。だが、髪を結い終えてメイドが出ていくと、ふり返って探るように姉を見た。「キスをされたのね」

ヘンリエッタのてのひらに汗がにじんできた。「何ですって？　まさか。ふざけないで」

「ふざけてなんかいないわ」アルビーナが顔が割れそうなほどにっこり笑って、まえに進みでた。「アマースト伯爵とキスをしたのね」

「してないわ」ヘンリエッタは嘘をついた。そしてドレスの凝ったひだ飾りを手で握って、小さな部屋のなかで視線を泳がせた。「少し気が散っていただけよ。さっきも言ったでしょ。レディ・ジョージアナが回復したことが――」

「また、庭で彼と出くわしたの？」セアラが訊いた。

「アマースト伯爵と？」

「いいえ、ミスター・リヴィングストンよ」セアラがからかって言った。「嘘よ。もちろん、伯爵とに決まっているわ」

「わたしは――」

「やったわね」アルビーナが言った。「噂どおり、上手だった？」

「アルビーナ」ヘンリエッタは息を呑んだ。手はすっかり冷たくなっている。心臓がすばやく鼓動し、息が切れているせいにちがいない。「確かに、ハーブ園でアマースト伯爵に会ったわ――でも、彼は土をいじっていたのよ」

「伯爵自らが手を汚して？」アルビーナが仰天して訊いた。「でも、どうして？　彼は紳士でしょう」

「爵位どおりならね」セアラは姉をじっと見つめた。ヘンリエッタは妹に見つめられていると、アマースト伯爵との密接な触れあいについて白状してしまいそうだった。

もちろん、誰にも言わないつもりだけれど。アマースト伯爵に触れられたときにあふれ出た感情について、まだ整理できていないのだ。それなのに、妹たちにその感情を説明するなんて……無理だ。

それに、ふたりには関係ない。

「伯爵は乱暴に引き抜かれていたハーブを植え直していたの」ヘンリエッタは快活に言うと、妹たちの横を通りすぎてドアへ向かった。

セアラとアルビーナは顔を見あわせた。どちらも納得していない。

ヘンリエッタはため息をつき、掛け金をあげて廊下へ出ながら説明を試みた。「誰かがリコリスの根を抜いていたの。わたしとアマースト伯爵以外の誰かが。たぶん、わたしのハーブを盗んだのと同じひとね」

「誰かがお姉さまのハーブを盗んだ？」アルビーナはいくぶん疑わしそうに訊いた。そしてドレスの裾を引きながら、薄暗い廊下に目をやった。

「ええ。ローズハーストから持ってきたハーブが残らずなくなっていたの」

「きっと置き場所を間違えたのよ」セアラが言った。「乾燥した花や調合して袋づめにしたものなんて誰が欲しがるの？　意味がわからない」ドアを閉め、廊下を歩きつづけている姉のもとへ急いだ。

「アマースト伯爵は、誰かが何かを企んでいるのかもしれないと言っていたわ」

「企んでいるって？」セアラが訊いた。

「伯爵が興味深い推測を口にしたの。わたしにはそんなひどいことをするひとがいるとは思えなかったけど、聞き流すこともできなかった」

アルビーナがレースで縁取られている胸もとに触れた。手袋をはめた手首からは扇子がぶら下がっている。「ひどいことって？」

「この屋敷にいる女性の誰かが、競争相手を減らすために、ほかの女性たちを危ない目にあわせているのではないかと、伯爵は考えているの。伯爵夫人に選ばれる可能性を高くするために」

「確かに、興味深い推測だわ」セアラがささやき声より少し大きな声で、考えこむように言った。「伯爵は何か証拠をつかんでいるの？　お姉さまのなくなったハーブや掘り返されていたハーブのほかに」

ヘンリエッタは階段の手すりをつかんで首をふった。「いいえ」

「それなら、お姉さまと伯爵のキスについて詳しく聞きたいのに、どうしてそんなことで話をそらされなければいけないの？」アルビーナが言った。「アマースト伯爵はレモンの味がした？　彼みたいな酸っぱいものを食べたような顔をしているひとはきっとそうよね。といっても、これは想像でしかないけれど」

正直に言えば、レモンの味がした。でも、レモンというより塩に近かったかも。それからセージと……。

「レディ・ジョージアナの喉の炎症とレディ・イザベラの失神はハーブのせいではない気がするわ」ヘンリエッタはセアラの言葉で物思いから現実に引き戻された。

セアラの言葉を聞いて不安になったのだ。ヘンリエッタもレディ・ジョージアナの症状についてはじっくり考えた。喉が腫れたことだけでは、ハーブの悪用とは断言できない。だが、レディ・ジョージアナがカモミールティーに過敏に反応したことを考えあわせて、ヘンリエッタは懸念を抱いた。レディ・ジョージアナの体質を知っているひとがほかにもいて、彼女の食べものにカモミールの成分を入れれば、反応を起こすことができる。

レディ・イザベラの湿疹も同じだ。刺激を起こさせる成分を摂取した可能性がある。でも、沼を歩いているときにイラクサや不快な植物に触れて、気づかないうちに毒性のある脂が顔についたのかもしれない。

「ふたりともただの体調不良よ」セアラは続けた。「それだけの話。ふたりとも具合が悪くなったからって関係があるとは思えない。伯爵の妄想は過去に原因があるんだわ――とりあえず、噂を信じるとすれば」

ヘンリエッタはしわを伸ばそうとしてドレスをなでた。母にこのしわだらけのドレスを見られたら、延々とお説教されただろう。

「噂と言えば、アマースト伯爵はキスがとても上手だという噂よ」アルビーナは目をしばたたいた。だが、何も知らないふりをしても、誰もだますことはできなかった。

「噂なんていい加減だと思わないの？」ヘンリエッタは訊いた。

「わからないから、お姉さまに訊いているのよ」アルビーナは微笑んだ。

ヘンリエッタはできるだけ険しく見える目つきで妹をにらむと、最後の角をまがって食堂に入った。

全員が三人のほうをふり向き、ヘンリエッタと妹たちが奥へ入っていくと、話し声がやんだ。ヘンリエッタが人々のほうへ近づいていくと、母がやけに強い力で腕をつかんだ。

「ああ、きたのね。わたしたちもいま食堂に入ったところですよ」

母の声はとがめるような調子ではなかったが、顔つきと両手は怒っていた。ヘンリエッタは母の手の力が強くなっても、顔をしかめないように必死にこらえた。どうやら思っていたより時間が過ぎていたようだ。田舎の屋敷への訪問ではくつろいだ雰囲気で物事が進むものの、ある程度の規範を守ることが求められている――たとえば、夕食の時刻には遅れず、ほかの出席者を待たせないといったことだ。

当然ながら妹たちも同罪ではあるが、ヘンリエッタは長女として責任を引き受けた。

「お待たせして申し訳ありませんでした」静かな食堂でヘンリエッタの声が大きく響いた。

「かまいませんよ」サターフィールドが温かい笑みで謝罪を受け入れた。そしてヘンリエッタに近づくと、腕を差し出した。「行きましょうか」

「え……いえ……は、は、はい」ヘンリエッタはサターフィールド侯爵の腕に手を置いて、無理をして微笑んだ。そして自制心を残らず発揮して、視界の隅に入ったアマースト伯爵の怒りに燃える目と視線をあわさないようにした。

アマースト伯爵はサターフィールド侯爵が自分に腕を差し出したから怒っているのだろうか？　つまり、自分をエスコートできなかったことで嫉妬しているのだろうか？　それとも遅刻し、明らかに礼儀作法を軽視したことにとまどっている？

ヘンリエッタが下唇をかんでいると、使用人たちが食堂の扉を開けた。

「レディ・ヘンリエッタ……」サターフィールドがひどく小さな声で話しだしたので、ヘンリエッタは顔を近づけなければならなかった。「アマースト伯爵との散歩は楽しかったですか？」

ヘンリエッタは目をしばたたいて、サターフィールドを見た。「散歩？」

「カエルの重さを当てて勝った賭けの褒美です」

ヘンリエッタは思い出して、顔を赤らめた。「ええ、もちろん。た、た、楽しかったです。ありがとうございます」

「あなたのご親切はじつに立派だ」サターフィールドがささやいた。

「親切、ですか？」サターフィールド侯爵にほめられるようなことを、何かしただろうか？

「ええ。一緒に散歩にいってアマーストの気持ちをなだめてやるなんて、本当に親切だ。ほかにも時間を使いたいことがあるでしょうに」

ヘンリエッタは顔をしかめてサターフィールドをじっと見た。「サターフィールド侯爵、彼はわたしの父の後継者です。アマースト伯爵と一緒に過ごす時間より重要なことなどありません」

サターフィールドはいたわるようにヘンリエッタの腕を叩いた。「ええ、もちろん。でも、アマーストは決して……模範的とは言えない評判ですから、あなたは非常に親切だと――」

「失礼ですが、アマースト伯爵の評判が尊敬できるものではないとおっしゃりたいのですか？」

サターフィールドは片手を胸にあて、ヘンリエッタを椅子へ案内した。「まさか、とんでもない。ぼくはただ、過去が答えより疑問を浮かびあがらせる男に対して、あなたが示すやさしさを称賛しているだけです」

ヘンリエッタは椅子にすわり、周囲の人々の会話に包まれた。

サターフィールドの言葉を聞いて、ヘンリエッタは不安になった。ヘンリエッタはアマースト伯爵が尊敬に値する人物だと信じている。爵位を継いで、責務を負う覚悟ができているひとだ。

でも、サターフィールド侯爵はアマースト伯爵の友人であり、彼の過去について知っているはずだ。彼は警告しているのだろうか？　アマースト伯爵はヘンリエッタが考えているような男ではないと仄めかしている？　伯爵にまつわる噂は信じるに足るものであると？

ヘンリエッタはテーブルの反対側にいる問題の男性に目をやった。すると、彼が目をあげて視線があった。

頬が赤くなり、ヘンリエッタは下を向いて膝の上のナプキンをじっと見た。アマースト伯爵のことはあまり知らない。ハーブ園で目にしたこと、そして当然ながら醜聞紙が広めていることだけ。

ヘンリエッタはナプキンを握りしめると、もう一度目をあげてアマースト伯爵と視線をあわせた。彼は父の後継者であり、神がお望みなら、未来の夫となるひとだ。隠された真実はアマースト伯爵自身の口から聞かなければ。

厩舎の暖かい空気のなかには、新しい干し草と油が浸みこんだ革のにおいが漂っていた。垂木の割れ目から射しこんでくる陽光に照らされた細かい埃が目のまえで舞っている。

ヘンリエッタは顔のまえで手をふって埃を散らした。最高の状態を見せなければならないのに、馬に乗るまえから埃をかぶったり土で汚れたりするわけにはいかない。アマースト伯爵ともっと親しくなり、作り話と事実を分けて、秘密を探りだすにはほかに方法がないのだから。

ミス・サクストンとレディ・イザベラのあいだに立っているセアラが訳知り顔で姉を見つめてうなずいた。

手のこんだ金色のひも飾りがついた、流行りの軍服風の濃紺の新しい乗馬服はヘンリエッタの姿をよく引き立てており、ヘンリエッタ自身も鏡で見て、その美しさを否定はできなかった。

彼の関心を引きたくてヘンリエッタが努力したことに、アマースト伯爵も気づくにちがいない。

ただし、ヘンリエッタのほうをずっと見つめているのはアマースト伯爵ではなく、サターフィールド侯爵だったが。サターフィールドはヘンリエッタと目があうと、人々のなかを縫って近づいてきた。

「レディ・ヘンリエッタ」サターフィールドは息せき切って言った。「きょうのあなたはとても――」

「サターフィールド」厩舎の何もない天井にアマースト伯爵の声が響いた。「きみの牝馬はすばらしいな。最近買ったのか？」

サターフィールドは顔をあげて、ヘンリエッタとサイモンのあいだで視線を走らせた――アマースト伯爵はヘンリエッタのほうを見ようとしない。

ハーブ園で慎みのないふるまいをしたせいで、アマースト伯爵は気分を害したのだろうか？　彼の求めに熱く応えすぎてしまった？　ヘンリエッタの顔は真っ赤になった。どうしよう。伯爵は将来の伴侶には慎み深く、領地の女主人としての資質を備えていることを期待しているだろう――騒々しく、浮ついた娘ではなく。

胃がすとんと下がり、気分が悪くなった。

「サターフィールド？」アマーストがふたたび呼んだ。

サターフィールドは困ったようにため息をつくと、ヘンリエッタを見て詫びるように微笑んだ。「レディ・ヘンリエッタ、ちょっと失礼します」

「ええ、どうぞ」

サターフィールドが背中を向けると、馬丁が馬を連れてきた。「こちらにお乗りください」

しっぽをふっている栗毛の牝馬がヘンリエッタの隣で鳴いた。ヘンリエッタは少しだけ馬丁の助けを借りて鐙《あぶみ》に足を置いて馬に乗った。

まえのほうであがった歓声を合図に遠乗りがはじまり、ヘンリエッタのまえの馬たちがいっせいに勢いよく駆けだした。ヘンリエッタの馬もあとに続いた。ヘンリエッタは身体がまえに揺れ、思わず鞍のはしをつかんだ。

一本一本の木の輪郭が次第にぼけて重なって見えはじめ、景色がうしろに流れ、風がほてる顔をなでていった。馬は次第にゆっくりになり、ちょうどいい速さを見つけると、ゆったりとした並足に落ち着いた。馬が一行のうしろで安定した速さで歩きはじめると、ヘンリエッタはふたたびアマースト伯爵のことを、彼が急に冷淡になり、いまはミス・サクストンと話していることを考えはじめた。

ふたりから離れすぎているせいで、話している内容は聞こえないけれど、アマースト伯爵がのけぞって笑い、ミス・サクストンも晴れやかに微笑んでいるのは見える。

「何を考えているのですか、レディ・ヘンリエッタ?」

ヘンリエッタは顔をあげて左側に目をやった。隣に誰か並んでいたとは気づかなかった。

「サターフィールド侯爵。びっくりしました。い、い、妹のアルビーナと一緒にいるものだとばかり思っていましたので」

緑色がかったグレーの目がヘンリエッタを見て微笑んだ。サターフィールド侯爵は愛嬌があり、あごは力強く、妹がいとも簡単に彼の妻になりたいと思いこんだのもわかる気がする。

それでも、サターフィールドはプラムバーンの所有者ではない。裕福なサターフィールド侯爵家がサリーに所有しているポルクレイヴ・ヒースはイングランド随一の屋敷かもしれないけれど、ヘンリエッタの祖先が暮らしてきた屋敷ではない。

それに言うまでもなく、サターフィールド侯爵の気を引こうとしたりしたら、アルビーナは二度と口をきいてくれないだろう。

ヘンリエッタはアルビーナと話すのが大好きなのだ。アマースト伯爵とのキスが話題の中心でないかぎり。

「妹さんは気持ちよさそうに馬に乗っていますし、このあたりのこともよくご存知ですね。だから、きっとあなたもそうだろうと思って」

ヘンリエッタは気まぐれな牝馬が大好きな草が生えた茂みにそれないよう手綱を握った。「ええ。ありがとうございます」

実際そのとおりだったが、そうは見えないだろう――馬はヘンリエッタの指示を無視し、クローバーの紫色の花の近くに寄っているのだから。

ヘンリエッタは鞍の上で身じろぎし、革の手綱を引いたが、不機嫌な鳴き声が返ってきただけだった。ヘンリエッタが突いても、舌を鳴らしても、手綱を引いても、馬はまったく動じない。それどころか、しっかり油を塗って滑りやすい鞍にすわっているヘンリエッタを揺さぶり、まえに飛びださせて喜んでいる。

馬に草をはむのをやめさせようとしても無視されているヘンリエッタを見ても、サターフィールドは礼儀正しく笑わなかった。それどころか、やさしく微笑んだ。

「レディ・ヘンリエッタ、お手伝いしましょうか？　その馬は……気が散っているようですから」

「い、い、いいえ。ほかのみなさんから引き離したくありませんから。草を食べ終わったら、きっとこの馬ももっと……わたしの言うことを聞いてくれると思います」

もう一度手綱を引くと、馬はおとなしく首をあげた。「ほら、ねえ？　少しお腹がすいていただけなんです。ほかのひとたちのところへ行きましょう」

サターフィールドは不満そうに顔をしかめてため息をついた。「ええ、そうですね。ただ、レディ・ヘンリエッタ、ぼくは――」

そのとき、馬が急に走りだした。サターフィールドの迷惑な求愛から逃れるために、ヘンリエッタが踵で思いきり馬のわきを蹴ったのだ。

ヘンリエッタは前かがみになって、馬を急がせた。サターフィールド侯爵から逃げなければ。サターフィールド侯爵の見当ちがいの求愛とアマースト伯爵のとつぜんの冷たさとでは、どちらがより不安なのか、ヘンリエッタにはわからなかった。

でも、どちらにしても神経が張りつめ、胃が痛くなった。

手綱をしっかり握って目をつぶると、風がうなり声をあげながら通りすぎ——とつぜんやんだ。

馬が大きな鳴き声をあげて跳ねあがり、ヘンリエッタを鞍から腰まである草の上へ放りだしたのだ。

ヘンリエッタは背中から硬い地面に落ち、その衝撃で両わきに痛みが走り、息が止まった。

「レディ・ヘンリエッタ」

落馬したせいで耳鳴りがし、くぐもった声が何とか聞こえた。だが、目には何も影響がなく、馬から降りて心配そうにしているサターフィールド侯爵の顔が見えた——うれしそうにキンポウゲとクローバーをはみながら、足を踏み鳴らしている馬と一緒に。

ヘンリエッタは腕をあげて、気が立っている馬を指さした。「馬が」喘ぐように言った。

サターフィールド侯爵はヘンリエッタをなだめるようにして、馬のほうを向いた。

「がんこな馬です。言うことは聞かないでしょう」

ヘンリエッタは胃が締めつけられた。「わ、わ、わたしは――」

「どうすることもできませんよ、レディ・ヘンリエッタ。あの馬は乗るのに不向きですし、ああしているほうが幸せそうだ。でも、あなたは手当てをしないと」サターフィールドは草を押し分け、ヘンリエッタがすわったまま呼吸を整えている場所へ近づいてきた。

そのとき蹄の音がして、ヘンリエッタは顔をあげた。引き締まった黒い馬がふたりに向かって走ってくる――堂々とした背に、麗しいならず者を乗せて。

アマースト伯爵はサターフィールドの馬の隣まで馬を走らせてくると、茶色い目をまずサターフィールドに向け、次にヘンリエッタに向けた。「レディ・ヘンリエッタ、サターフィールド侯爵、ふたりがいなくなったので、みんなで心配していたんです。手助けが必要ですか？」

ヘンリエッタは真っ赤になった。アマースト伯爵が現れたことと、彼が発した言葉で。サターフィールド侯爵とふたりで遅れを取ったことで、ほかのひとたちが何を考えたのかは簡単に想像がつく。馬術だけでなく、礼儀作法も身についていないと思われたのだ。愛想のいい男性と、ふたりきりでいたのだから。

サターフィールドは牝馬のほうをあごで示した。「あの馬がレディ・ヘンリエッタの指示を無視して、背中から放りだしたんだ」

アマーストはすぐに馬を降りると、心配そうな顔でヘンリエッタに近づいた。

ヘンリエッタはうつむき、揺れている草をじっと見つめた。ふたりの男性の目に憐れみが浮かんでいるのではないかと思うと、怖くて顔をあげられなかった。それとも、ふたりの目に浮かんでいるのは、なす術なく地面にすわりこんでいる女性を見て、ばつが悪そうな表情だろうか。

鹿革で包まれた膝がヘンリエッタの視界の隅に入り、隣の草の上におりてきた。

「けがは？」

アマースト伯爵のよく響く声が聞こえると、ヘンリエッタの胸の鼓動が速くなった。

ああ。落ち着かなくちゃ。「だいじょうぶです」そう答えたものの、出てきたのは意図していたより弱々しく、かすれた耳障りな声だった。

アマースト伯爵は小さく毒づくと、ヘンリエッタのひじをつかんだ。

「何をするんですか？」ヘンリエッタは怖くなって言った。冷たく接するかと思ったら、今度は厳しく責めるの？ 助けなんていらない。

「あなたをぼくの馬までお連れするんです」

ヘンリエッタはサイモンの手をふり払った。「ちゃんと馬まで歩けます。ひとりで」その言葉を証明するために、手を借りずに立ちあがってスカートについた土を払った。そのまま背筋を伸ばして足を踏みだしたが、わき腹にはっきりとした鋭い痛みが走り、顔をしかめた。コルセットの左側のクジラの骨が折れたのだ。

「よくわかりました」アマーストは滑らかな動きでヘンリエッタを抱きあげると、たくましく硬い胸に引き寄せた。

「伯爵さま」ヘンリエッタは喘ぐように言った。これでは乗馬服の下でコルセットが壊れていることにも気づかれてしまうだろう。

「アマースト、どうするつもりだ？」サターフィールドが訊いた。

「サターフィールド、レディ・アルビーナがきみを探していたぞ」

「ああ、そうだろうな。でも、レディ・ヘンリエッタのことはどうするんだ？　辛そうだ」

ええ、そのとおり。アマースト伯爵の力強い腕に抱かれ、その腕で彼の馬に押しあげられ、鞍の上にすわらされた状況は、辛いなどという言葉では言い表せない。そのことを考えるだけで、ヘンリエッタの頭はあふれそうだった。そして、胸は……。アマースト伯爵の大胆な行動で高鳴りつづけている。

「ま、ま、またがって乗ることなどできません」ヘンリエッタは身体を安定させるために手を伸ばして大きな馬につかまった。

「できますし、またがってください。ほかのひとたちからは充分に離れているし、屋敷まで歩いたら一時間はかかる。サターフィールド侯爵があなたにけがの具合を尋ねたあと、間違いなく伝えたことでしょうが」

「まだ、話す時間がなかったんだよ、アマースト」サターフィールドが弱々しく言った。

アマーストは責めるような目でサターフィールドを見た。「ぼくたちは厩舎に戻って、レディ・ヘンリエッタの馬の面倒を見るよう、ここに馬丁を寄こす」

ヘンリエッタは鞍の上で尻の位置をずらした。「は、は、はい。でも――」

サイモンの目が光った。「レディ・ヘンリエッタ、〝でも〟と言っている場合ではありません。あなたはけがをしていて歩けない。この屋敷の主として、あなたの無事に気を配るのがぼくの務めです」サイモンは脚をふりあげて馬の背にまたがり、ヘンリエッタを引き寄せて、左脚を鞍の反対側におろさせた。

スカートがふくらはぎまでめくれ、足首と白いシルクのストッキングが見えた。

ああ、このまま消えてしまいたい。これほど恥ずかしい思いをしたことはない。ヘンリエッタは脚がすべて隠れるようスカートを引っぱったが、足首は丸見えだった。

「アマースト、ぼくの馬のほうがおとなしい。ぼくがレディ・ヘンリエッタを母上のところへお連れしよう」サターフィールドはそわそわし、破廉恥なほど露わになったストッキングに目をやった。

ヘンリエッタの肌が真っ赤に染まった。とにかく地面におりて、逃げだしたい。いますぐに。

「きみは残りのひとたちに事情を説明して、遠乗りを続けるよう伝えてくれ。気性の荒い馬のせいで、楽しみを台なしにするのはつまらない」

ヘンリエッタはスカートを引っぱるために前かがみになったにもかかわらず、まだしっかりアマースト伯爵の胸にぴったりついている格好のまま、身をよじった。「アマースト伯爵、ほ、ほ、本当にひとりで帰れます。歩けますから。ご心配はいりません」

すっかり大ごとになってしまった。たんなる打ち身で、コルセットの折れた骨がわき腹を突いているだけなのに。それなのに、なぜ助けてもらわなければならないの？ストッキングが丸見えの格好で。

アマースト伯爵の口がヘンリエッタの耳に近づき、息がうなじにかかった巻き毛を揺らすと、肌があわ立った。「ぼくの馬でプラムバーンに戻り、サターフィールド侯爵にはみんなと合流してもらいましょう」アマーストは背筋を伸ばすと、ヘンリエッタをもう一度引き寄せた。そしてサタフィールドに会釈した。「さあ、サターフィールド」

サターフィールドは驚きのあまり口をぽかんと開け、いかにも貴族らしい顔を凍りつかせた。「アマースト、こ、この屋敷の主人はきみだ」早口で言った。「みんな、きみが戻るのを待っている。だが、ぼくがいなくても、誰も気にしない。ぼくがレディ・ヘンリエッタを母上のところへ連れていくよ」

「レディ・ヘンリエッタはぼくの親戚だ」アマーストはこわばった、そっけない口調で言った。「だから、ぼくに責任がある。ほかのひとたちに事情を説明して、レディ・ヘンリエッタのことは心配いらないと妹さんたちに伝えてくれ」

サイモンは手綱を握り、馬のわき腹を腿で強く締めつけて、まえに進ませた。その腿はヘンリエッタの尻にあたっている。

ヘンリエッタの顔は真っ赤だった。馬にまたがり、アマースト伯爵の硬い胸にしっかり引き寄せられて牧草地を走っていくなんて、何と恥知らずな女なのだろう。ああ、伯爵のにおいがする。革と、セージと、馬の素朴で濃厚なにおいだ。

馬は速歩から駆歩へと速度をあげ、ヘンリエッタはつかまるものを探した。身体にはアマースト伯爵の腕がしっかり巻きつき、手綱を持つ手がコルセットのすぐ下をつかんでいる。

ヘンリエッタはこれ以上は無理だと思っていたが、さらにまた顔が赤くなった。頬に卵をのせたら、焼けそうだ。

「そんなに速く走らなければいけませんか？」ヘンリエッタは息を切らしながら、鞍のはしをつかんだ。

アマースト伯爵の胸の奥で、低い笑い声が響いた。どうやら、ヘンリエッタが話したとき、背中が震えたのをおもしろがっているらしい。

「レディ・ヘンリエッタ、プラムバーンに早く着けば、それだけ早く馬から降りて、けがの手当てができます。もちろん、ずっと馬にまたがっていたいなら話は別だが。髪に風を受け、馬の背を脚の――」

「いいえ。もちろん、おっしゃるとおりです」プラムバーンに早く着けば、それだけ早く馬から降りて、自尊心を取り戻せる。それまではふくらはぎまでスカートがめくりあがり、誰かがこっちを見たら、丸見えの格好で乗っていなければならない。

ああ、息をすることさえ難しい。でも、息がしづらいのはアマースト伯爵の身体と接しているせいなのか、それとも彼の手が胸の近くにあるせいなのか、どちらなのかはわからない。

「た、た、助けてくださったことは……ありがたく思っていますけど、必要ではなかったんです」

伯爵の腕がさらにきつく巻きついた。「あなたがハーブ園でぼくを助けてくれたときも、助けてもらう必要はなかった。それでも、ぼくは感謝しています」彼の息が耳をくすぐり、肌にあたる言葉が温かい。

それなのに、どうして震えてしまうのだろう？

「ええ。でも、や、や、屋敷までひとりで帰れないなんて、お、お、思われたくなくて」

「レディ、ヘンリエッタ、あなたにできないことがあるとすれば、感謝することだけだ」サイモンは身体をずらし、ヘンリエッタをますます強く抱きよせた。ボタンのひとつひとつが、乗馬服のしわの一本一本が、力強い胸の輪郭のすべてが、背中に押しつけられる。ヘンリエッタの身体は熱く燃えあがっているのに、ひどく冷たかった。そして言葉が出てこないのに、あり得ないほど話しつづけている。

「か、か、感謝はしています。でも、こ、こ、こんな格好で戻ったら、母に何と言われるか心配で。これでは……慎みがあるとは言えないから」

アマースト伯爵に抱きよせられるたびに、頭に浮かぶことも慎みがあるとは言えなかった。脈拍が速くなり、深い土のなかから熱情という種が芽を出しそうになるのだ。お尻が、彼の――ああ、本当に頬の上で卵が焼けそう。いいえ、肉だって焼けるにちがいない。

「あなたの評判にも外見にも傷をつけないよう、きちんと対処します。いまの格好のぼくたちを目にするひとはいない」

「でも、サターフィールド侯爵は？　あの方がほかの誰かに話したら？」

「サターフィールドは誠実な友人ですから、この件について口外したりしません」

アマースト伯爵が請けあったことで、ヘンリエッタは少し安心した。でも、ほんの少しだ。サターフィールドの名前を挙げたときの伯爵の口調の強さや、侯爵と口にしたときの強調の仕方を聞いていると、手放しで安心はできなかった。

「サターフィールド侯爵を信用していないのですか？」

アマースト伯爵の身体がこわばった。「信用しています。ただし、口の堅さだけ」きっぱりとした口調だった。断固としていて、疑問をはさむ余地はなかった。

ヘンリエッタはアマースト伯爵の顔を見ようとしてうしろを向いたが、その位置から見えたのはすばやく通りすぎる田舎の風景だけだった。

「サターフィールド侯爵とはお友だちなのですよね」ヘンリエッタは質問ではなく、断定する形で言った。

「ええ。ですから、あなたがぼくと一緒に馬にまたがって帰るより、サターフィールド侯爵とふたりきりで、あなたの馬に乗って帰るほうが、お母さまが心配するだろうということもわかります」

いいえ。どちらであっても、母はひどく怒るにちがいない。とりわけ運悪く、社交界の重要人物にこの姿を見られでもしたら。

「サターフィールド侯爵は紳士です」

「そのとおり」

ヘンリエッタは顔をしかめた。「それなら、どうして心配なのですか?」

「サターフィールドが考えそうなことがわかるからです。彼は爵位を持つ紳士かもしれないが、男だ」

「それはあなたも同じでしょう。あなたと一緒でも、同じように危険なのではないですか?」

「いいえ」

ヘンリエッタはアマースト伯爵の答えを聞いても安心できず、そっけない口調にいら立ち、そして……ひとことだけの返事に……落胆した。

ヘンリエッタは肩を落とした。自分が考えていたのは……期待していたのは……。

ヘンリエッタは目をしばたたいた。ハーブ園にいたとき、アマースト伯爵はとてもやさしかった。伯爵は自分に関心があるのかもしれないと期待したのだ。しかしいま伯爵はヘンリエッタが彼に対して、身の危険を感じる必要はないと言った。アマースト伯爵にはヘンリエッタに求婚するつもりなどないのだ。もう不埒に言い寄ることもなければ、唇を奪うこともない。彼がヘンリエッタを花嫁候補からはずしたのは明らかだった。

でも、いまもこうして慎みのない行いをしていることを思えば、アマースト伯爵の決断を責めることはできない。自分はまたしても落馬などという過ちを犯し、伯爵がそそぎたいと思っている汚名にさらに泥を塗ってしまった。たったひとつの行いで、社交界でのアマースト伯爵の評判だけでなく、妹たちの評判も決まるのだ。自分が伯爵夫人になったりしたら、彼は評判に傷がつくのを止められないにちがいない。

「今回のことについても、ハーブ園でのふるまいについても、どちらもお詫びします」ヘンリエッタは馬の蹄の音に負けない声でつぶやいた。「あ、あ、あんなふうに出しゃばるべきではありませんでした」

馬が急に止まり、伯爵の腕が急にあがってヘンリエッタの胸にあたったせいで、コルセットの骨が肌に刺さった。

ヘンリエッタは息を呑んで、わき腹を押さえた。アマースト伯爵は鞍から滑りおり、ヘンリエッタもおろして自分のまえに立たせた。

ああ、ものすごく彼が近い。アマースト伯爵の胸が上下している。ヘンリエッタはすぐ近くにいるおかげで、きちんと剃刀をあてたあごから黒いひげが伸びはじめているところまで、しっかり見ることができた。それどころか、黒い眼帯の下から伸びている、傷ついた皮膚の白い部分まで見えた。

ヘンリエッタは引きつった皮膚に手を伸ばしたくてたまらなくなった。

「あなたは何も間違ったことはしていない。それどころか正反対だ。ぼくはあなたに敬意を抱いている。紳士として、あなたを危険から守るのがぼくの務めだ。サターフィールド侯爵といるときも、ぼくと一緒にいるときも。分別を忘れて行動したのはぼくのほうです」

やはり、目のまえの男性は噂とはちがう。〝黒伯爵〟は放蕩好きのならず者のはず――自分を思いやって扱ってくれる、この男性とはちがう。

ヘンリエッタはアマースト伯爵の傷に触れてしまわないように、手袋をはめた両手の指先をあわせた。「紳士的なふるまいに感謝します」

「それなら、許しを請わなければ」

「あの、お詫びならもうしていただきましたけど」

「ゆうべのことではなく」アマースト伯爵はささやき声で言った。「このことを」

サイモンは顔を近づけると、唇を重ねた。


サイモンはあの優美な唇の形を、ふっくらと瑞々しい唇に残っていた塩気を、きのう彼女の歯が自分の敏感な唇をそっと引っぱっていたときの様子を、必死に忘れようとした。

だが、忘れられなかった。本当に必死に忘れようとしたのだ。それでも忘れることもできなければ、もっと欲しくなることも止められなかった。

レディ・ヘンリエッタを避けようとした。キスをした夜も翌朝も、彼女と距離を置き、屋敷の主人としてほかの招待客たちに付きあった。

本当に愚かな、大ばか者だ。サターフィールドがレディ・ヘンリエッタを見つめるたびに、嫉妬という怪物が心のなかで暴れまわるのを抑えられなかった。間違いなく傷ものにされる危険から、レディ・ヘンリエッタを救わずにはいられなかったのだ。サターフィールドの企みから。

そして、激しく引きつける自らの力から。レディ・ヘンリエッタには醜聞にまみれた男などふさわしくない。彼女には行く先々で陰口をささやかれる男ではなく、紳士がふさわしいのだ。五体満足な男が。しっかり彼女の美しさを味わえる、両目のそろった男が。

自分はちがう。

何といっても〝黒伯爵〟なのだから。いや、〝腹が立つほどレディ・ヘンリエッタが欲しくて、惑い、もだえ苦しむ伯爵〟のほうがぴったりだ。

だからこそ、またしてもレディ・ヘンリエッタのピンク色の唇を奪ってしまったのだから。やわらかで、ふっくらとしていて、無垢そのものの唇、それをもう一度取り戻したかった。

そしてレディ・ヘンリエッタも情熱的に応えてくれたことで、わずかに残っていた意思の強さも残らず消え失せた。おずおずとした彼女の舌や、慎重な手や、荒い息に、血が沸きたった。

サイモンは両手をヘンリエッタの髪に差し入れ、てのひらで頭を支えた。洗いたてのリネンとラヴェンダーの香りがする。軽いのに、ひとを酔わせる花のようなにおいは、どれだけ吸いこんでもたりなかった――レディ・ヘンリエッタ自身のように。

ヘンリエッタの唇から小さな声がもれると、サイモンの欲望はさらに激しく燃えあがった。彼女をあますことなく味わいたくて、唇の隙間に舌を挿しこむ。

いまや自由に動きまわっているヘンリエッタの手が悦びに震えていることに気づくと、サイモンはわれを忘れた。彼女の小さな手がこちらの髪をかき乱している。サイモンは欲望がもたらす興奮に包まれ、頭がまったく働かなくなった。

それでも、いまはキスしかしていないのだ。レディ・ヘンリエッタの服を脱がせることを想像したら……ブリーチズをはいたまま果ててしまうかもしれない。

ああ、何と軟弱な。

サイモンはヘンリエッタの胸に、何枚ものウールと綿で覆われ、骨とレースの珍妙な仕掛けで支えられている、やわらかなふくらみに片手を滑らせた。そのふくらみが、下に隠れている逸楽を仄めかして焦らしてくる。

そしてレディ・ヘンリエッタのかぼそい声もさらにサイモンを刺激する。ヘンリエッタは背中を弓なりにそらせ、胸をてのひらに押しつけてくる。

サイモンはうなった。この憎たらしいほど魅惑的な乗馬服の真鍮のボタンをひとつでもはずしたら、もう止まれない。彼女を押し倒して、欲望が満たされるまで食い尽くしてしまうだろう。

そんなことはできない。サイモンは意思の力をふりしぼって唇を離し、後ずさった。どんなにレディ・ヘンリエッタが欲しくても、どこかの田舎のメイドみたいに、牧草地のわきで奪うわけにはいかない。

「レディ・ヘンリエッタ、ぼくは――」

「ちょっと待って」ヘンリエッタが片手をあげた。目を大きく開き、腫れた唇はもう一度奪ってほしいと訴えかけてくる。

傷が痛むのだろうか？　夢中になって彼女を求めたせいで、けがをしていたことを忘れていた。「許してほしい。でも、わかってもらいたいんだが――」

「動かないで」ヘンリエッタはそう言うと、視線を下に向けた。サイモンも下を向くと、泥にまみれたブーツが目に入った。従者がブーツに飛び散った泥を取り除いてきれいに磨くにはけっこうな時間がかかるだろうが、そんなことはどうでもいい。とりわけ、まだ心臓がすばやく打ち、舌に彼女の味が残っているときには。

「ただの泥だ。ブーツの汚れを取るのによけいな仕事がふえて従者は不満だろうが、そんなことは――」

「こちらへ歩いてきてください」

正直に言えば、サイモンは少し押しの強い女性が好みだった。それでも、話をさえぎられるのは好きではない。とくに、なぜ抱擁を解いたのかを説明しているときには。

その不満が顔に出ていたらしく、レディ・ヘンリエッタは指を地面に向けた。「棘のあるイラクサです。あなたのうしろと横に」

サイモンはピンク色の花と先のとがった鋭い葉に目をやった。小さな毛のような棘が茎と葉に生えている。レディ・ヘンリエッタの瑞々しい唇から離れ、彼女を草のなかに押し倒さなくてよかった。この棘が刺さっていたら、不快などという言葉ではたりなかっただろう。

「ありがとう」サイモンはもごもごと言った。そして、わきへ避けたときによろけた。土から出ていた近くの木の根に足を取られ、手袋をしていない手で身体を支えた――その瞬間、痛みにたじろいだ。レディ・ヘンリエッタに注意されたばかりの棘が刺さり、焼けるような痛みを感じたのだ。

くそっ。

サイモンは立ちあがって手をふった。

するとレディ・ヘンリエッタは難しい顔で、下を見ながら周囲を歩きはじめた。緑の葉のなかで、濃紺の乗馬用の帽子がとても映えている。

「何をしているのですか?」手の痛みが激しくなり、まるで火で焼かれているようだった。

ヘンリエッタが顔をあげた。「そ、そ、その棘に効くハーブを探しているんです」

サイモンはそばに行って地面を見た。「探しているのは、どんな草?」

「ギシギシの葉です。イラクサの近くによく生えていて、痛みがすぐに消えるから。

少なくとも、まえにわたしが使ったときは効きました」

「あなたもイラクサの棘に刺された？」

ヘンリエッタは立ち止まった。「植物に興味を持つと、危険な毒のある植物に触れることは珍しくありませんから」スカートの裾が土で汚れるのもかまわず、イラクサの近くでギシギシを探しつづけている。「あったわ」膝をつき、手袋を取って、幅広で長い葉を摘んだ。「さあ、手を出して」

サイモンはてのひらをヘンリエッタの手の上に置いた。彼女に触れたとたん血が熱く燃え、すっかりおなじみになった興奮が身体を硬くした。サイモンは足の位置を置きかえた。そしてレディ・ヘンリエッタが葉でしっかりと、けれどもやさしくサイモンの手をなでて成分をすりこむと、股間で起こっている飢えにふたたび火がついた。

「すぐに効き目が現れるはずです。遅くとも三十分以内には」

サイモンは彼女の手を握りしめた。「またひとつ、借りができた」レディ・ヘンリエッタのハーブの知識はたいしたものだ。これで三度も苦しみから救われた。

レディ・ヘンリエッタの知識にはいくら感謝をしてもたりない。持っている知識を有効に活用する術はサイモンの友人たちもかなわず、その賢さはろくでなしの弟の自分勝手な利口さに勝っている。

「そのようですね」レディ・ヘンリエッタは瑞々しい唇の上下をあわせると、視線をあげてサイモンの目を見た。「借りがあるということは、返してもらえるということですよね」

サイモンは唇をぴくりと動かした。「慣例としては。ただし、たいていは感謝を述べれば、借りは返したことになると思いますが。あなたはどうやって返せと？」もう一度キスをする？　それとももっと人目につかず、きちんと準備が整った場所で、密接な触れあいを続けたい？　さまざまな可能性を考えていると、サイモンの身体の中心がさらに硬くなった。

「わたしの質問に正直に答えてください」

サイモンは咳ばらいをして眉をひそめた。「何を知りたいのです？」

ヘンリエッタの視線がサイモンを貫いた。真剣な琥珀色の目は決して下を向かなかった。

くそっ。

アンのことか。アンのことを知りたいにちがいない。それとも、この傷ついた目のことか。当然ながら、噂は耳にしているだろう。噂はどこでも話題にのぼり、サイモンが部屋に出入りするたびにささやかれる。たいていは、本人のいない場所で。避けることなどできない。それでも、期待していたのだ……。

サイモンは帽子を取って、片手で髪をかきあげた。何を期待していたんだ？　レディ・ヘンリエッタなら噂ではなく真実を見つめてくれるとでも？　レディ・ヘンリエッタなら傷を――精神的にも、身体的にも――負うことになった出来事が起きるまえの男として自分を見てくれるとでも？

サイモンは笑いをかみ殺した。ああ。何と、感傷的になってしまったものか。

「わ、わ、わたしが……し、し、知りたいのは……」

「やっていません」

ヘンリエッタは額にしわを寄せた。「やっていない、とは？」

「ぼくは愛人を殺していない。毒でも、拳銃でも、この手でも。《タイムズ》が報じたように、判決でもぼくの無実は証明されています」

ヘンリエッタの顔には安堵だけでなく、喜びの表情が浮かんだが……ほんの少し落胆もしていた。謎が解け、疑問に答えられたことで、もう関心を失ってしまったのだろうか？

「ぼくが愛人を殺したと思っていたのですか？」

「そんなこと、思っていません」ヘンリエッタはすばやく答えた。

「思っていなかった？」サイモンはヘンリエッタの顔に浮かぶ表情の変化を観察した。

「新聞がぼくの品性を否定するような証拠を次々と載せているのに？」

「噂はあまり信用していませんから」

「そのようですね。ただし、本当かどうかは確かめたい」

ヘンリエッタは視線を下げた。「真実であってもなくても、噂の陰には何らかの事情があるにちがいないと思うんです。あるとすれば、それがあなたが急いで大陸へ発った理由ではないかと思って」

「なるほど。そうかもしれない」サイモンは欺かれて隠しごとをされていたこと、ある月曜の早朝、暗闇にまぎれて慌ただしく大陸へ発ったことを思い出した。ぐったりしたアンの身体のそばで、走り書きをした遺書を見つけたことも。そこにはもう片目の男のものではいたくないと記されていた。五体満足でない男はいやだと。アンの心はまぎれもなく力強く、まぎれもなく堕落し、まぎれもなく妻がいるフェントン子爵に向いていた。だが、決して子爵夫人にはなれないと知り、絶望して自ら命を絶ったのだ。

片目しかない男のものでいるくらいなら、死んだほうがましだったから。

ああ、いったいどうしたのだ？　過去をほじくり返しても何にもならないではないか。過ちを思い出したところで、何もよいことはない。

レディ・ヘンリエッタは乗馬服を着たサイモンの腕に手を置いて、軽く握った。

「だいぶ遅くなりました。ほかのみなさんももう屋敷へ向かっているでしょう」

「アンは自ら命を絶った。ぼくが見つけたときは、もう死んでいたんだ」レディ・ヘンリエッタには知ってほしかったし、わかってほしかった。

ヘンリエッタは自分の帽子に手をやると、すぐさま脱いで地面に放った。そして両腕でサイモンを抱きしめて、彼の胸に顔をうずめた。「辛かったでしょうね」

サイモンはヘンリエッタに寄りかかった。ほんの少しにしろ、肩の荷が軽くなった。五年ものあいだ、サイモンは怒りと苦悩を心のなかに押しこめ、人々は距離を置いた。噂は事実をもとにしているのかもしれず、新しくアマースト伯爵となったサイモン・ビーチャムは殺人犯かもしれないと恐れたからだ。

誰も哀悼の意を捧げてくれたひとはいなかった。アンは高級娼婦で、女優で、策略が得意で——上流社会では歓迎されない女だった。たいていのひとがアンを存在していないかのように扱い、自分よりも劣っている人間で、悲しむ価値などない相手だと考えていた。

だが、レディ・ヘンリエッタはためらうことなく弔意を示してくれた。サイモンは片手で彼女の背中をなで、腕のなかの安らぎを味わった。

だが、ふいに馬がいななき、ヘンリエッタはサイモンからすばやく離れた。「母が——」丸い目を大きく開いてささやいた。「母がきっと——」

「あなたが戻るのが遅れたら、心配なさるでしょう」

ヘンリエッタの腫れた唇がにっこり微笑むと、サイモンはもう耐えられなかった。顔を近づけ、唇を歯でそっとはさみ、自らを焦らすようにゆっくり味わった。ヘンリエッタは息を呑んで動きを止め、腕のなかで身を固くしていたが……やがて力を抜いてサイモンに寄りかかった。胸のなかにすっぽり収まった、丸みを帯びたやわらかで温かな身体と正反対に……サイモンの下腹部は痛いほど硬くなっていた。

ああ、彼女が欲しい。彼女でないとだめなのだ。だが、レディ・ヘンリエッタは自分のものではない。馬が草の上で足を踏み鳴らすと、サイモンはそのことを思い出した。

サイモンはため息をつくと、あまりにも魅力的な身体から自らを引き離し、ヘンリエッタの手を握った。「屋敷に戻るにはあと三十分はかかるでしょう」

「ええ」ヘンリエッタはそれしか言わなかった。そして目を覚ますかのように、まばたきをしてうなずいた。「でも、この牧草地を横切れば、何分か早く着きます」

サイモンは自らの手をヘンリエッタの手から腰へと滑らせると、馬のほうへ連れていった。

「イラクサ……」ヘンリエッタが口を開いた。「手がまだ――」

「いや、もうだいじょうぶ」本当だった。痛みより悦びのほうに頭が向いて、かなりまえからヒリヒリする痛みのことは忘れていた。「あなたが見つけてくれたハーブは本当に効きめがあった。でも、あなたのけがは――」

「もう忘れていました」

サイモンは微笑み、ヘンリエッタを鞍に押しあげてから、鐙に足をのせた。そして馬に乗ると、うっとりするようなラヴェンダーのにおいに包まれ、思わず馬を屋敷とは逆の方向に走らせたくなった。狩猟小屋でも、使用人の家でもいい……。だが、レディ・ヘンリエッタは娼婦ではない。先代伯爵の令嬢であり、手軽な情事や秘密の逢瀬ですませる女性ではない。あれほどの知識と、あれほどのやさしさを持ちあわせているのだから、自分などの相手ではもったいない。

サイモンが鞍にしっかり腰を落ち着けると、馬は青々とした牧草地を走りはじめた。強い風を受けるせいで話はできないが、ふたりのあいだに起きた変化は言葉にしなくてもわかった。

だが、サイモンはそれを認めたくなかった。変わってしまうことが怖い。そして……自制心だけでなく、すべてを失ってしまう危険があると認めるのが怖いのだ。

9

部屋が静まりかえっていること自体は珍しくなかった。プラムバーンの部屋にいるとき、ヘンリエッタは何もしゃべらなくても、過去三代の家族が暮らしてきた屋敷のすばらしさを目にしながら、満ちたりた気分でひとりで過ごすことも少なくない。だが、まわりに礼儀正しくお茶を飲んだり、カップの縁の上からヘンリエッタを見つめていたりする女性たちがいるというのに、黙ったままでいるという経験はなかった。

部屋に漂う緊張感と静けさは、気づまりという言葉ではたりない。部屋のなかの人々は話を交わすかわりに目を険しく細めたり唇をすぼめたり肩をこわばらせたりしており、全体に険悪な空気が感じられる。

なかでも不機嫌なのが、突き刺すような目でにらみつけてくるミス・サクストンだった。視線でひとが殺せるのなら、ヘンリエッタは威圧的な視線に心臓を刺されて、十分まえに死んでいただろう。ミス・サクストンは不快そうにこれ以上ないほど目を細め、鼻の孔を最大限に広げている。

アマースト伯爵は最初、茶色い髪をした子爵令嬢ミス・サクストンへの好意を示していた。だから、彼女は花嫁選びの競争で先頭を走っていると信じていたのだろう。それなのにヘンリエッタが夜の散歩の相手に選ばれ、きょうはアマースト伯爵と一緒に消えて、午後はほとんど戻ってこなかった。そのうえ理性が消えてしまうほどのキスをして、初めて身体に触れることを許したのだ。

貪欲に求めてきたアマースト伯爵の様子を思い出すと、ヘンリエッタの脈拍はいまでも速くなった。伯爵は初めて女性と悦びを分かちあったかのように食らいついてきて、淫らな舌と情熱があふれるキスで、ヘンリエッタの欲望を引きだした。大きくふくらんで腿にあたり、ブリーチズから解放してくれと訴えかけてきた男の部分を思い出すと、ヘンリエッタの身体は熱くなった。

ヘンリエッタはその訴えに応えたくてたまらなかったが、かすかな理性の声を聞いて思いとどまったのだ。慎みを思い出し……せめてふたりきりで、誰にも見られない場所に着くまで、それ以上先に進むのは待つよう、その声に説得されて。

ミス・サクストンが怒っても仕方ないことかもしれない。

「今朝は馬でプラムバーンをまわることができて、とても楽しゅうございました」ミス・サクストンのおばの軽やかな声が張りつめていた静寂を破った。「すばらしい場所がたくさんあって。東の丘の頂から眺めた景色は、それはもう息を呑むようでしたわ」

ヘンリエッタの母は止めていたらしい息を吐きだして、若き未亡人ににっこり笑いかけた。「ええ、プラムバーンでは屋敷の東側から見た景色がいちばん見事ですの。とくに朝、太陽が峰の上にのぼったあたりの頃が」

「確かに美しい景色でしたけど、アマースト伯爵に案内していただいていたら、もっとすてきだったと思うわ」ミス・サクストンが激しい口調で言うと、震える声が部屋に響いた。

「確かにもっとすてきだったかもしれないけれど、あまり楽しめなかったと思うわ」セアラがミス・サクストンにうっすら笑いかけて続けた。「クジャクが羽根を見せびらかすみたいに、東側の頂からの眺めを披露することより、アマースト伯爵が滞在客の安全を気にかけてくださって、とても安心しましたから」ヘンリエッタはお茶にむせ、音をたててカップを磁器の皿に戻した。母は戒めるような目でヘンリエッタを見ると、その怒りを正面にすわっているセアラに向けたが、セアラは天使のように無邪気な顔をしていた。

「ええ、そうでしょうね」ミス・サクストンは続けた。「でも、滞在客全員が馬をきちんと乗りこなせていたら、伯爵の手助けなんて必要なかったでしょうに」

「ジェイン」ミス・サクストンの付添役でもあるおばが姪の腕を軽く叩いた。「庭を少し歩きましょう。このあいだ、とても楽しそうだったじゃない」

「ええ。でも、あのときはアマースト伯爵と一緒だったから。伯爵が一緒だと、どんなことでも楽しくなるんですもの」

確かに、そのとおりだ。ミス・サクストンがこれまで発した言葉のなかで、何よりも正しい。

ヘンリエッタはティーカップを置いて、これ以上磁器で音をたてないように、懸命に手の震えを抑えた。頭が勢いよく回転し、それとともに鼓動も速くなっていく。ある思いつきがふくれあがっていた自信を刺激した。庭でふたりきりで会ったのが、アマースト伯爵の計画だったという可能性はないだろうか？　不自然に見えない程度に間隔を開けて、完璧に時間を組めば、結婚を望むそれぞれの女性たちとふたりきりで会うことができたのでは？

愛を交わすときにいちばん満足できて、技にも長けている女性を選ぶために？

ちがう。アマースト伯爵は社交界が決めつけているような放蕩者じゃない。彼と庭で会ったのは、最初に信じたとおり、偶然に決まっている。

ミス・サクストンがひどく怒っているのはきっと嫉妬しているからだろう。ヘンリエッタがどんなに無視したくても、彼女はアマースト伯爵に気があるようだから。

ほかの女性たちはアマースト伯爵のパーティーに出席するのは、じつは気が進まなかったとアルビーナに打ち明けていた。アルビーナは大喜びで、それを興味をそそる噂話としてセアラとヘンリエッタに包み隠さず話したのだ。

彼女たちは暗い過去を持ち、さらに暗い色の眼帯で顔半分を隠している男とは結婚したくないのだ。女性の人生では珍しくないことだが、彼女たちは経済的な事情や、あるいはもっと悪いのは家族の野心のためにパーティーに出席し、好きでもない男性に笑顔をふりまくことや、礼儀正しい会話をすることを強いられているのだ。

しかしながら、アマースト伯爵に対するミス・サクストンの思いはヘンリエッタと同じで、少なくともアルビーナが見たところでは、心から彼に惹かれている。

つまり雄弁で、落ち着いていて、あどけない目をしたミス・サクストンが、アマースト伯爵の花嫁選びでのヘンリエッタの最大の競争相手ということになる。

そしてミス・サクストンの落ち着きと……自制心を考えると、理屈ではミス・サクストンを選んで当然なのだが、アマースト伯爵が熱烈なキスをしたのは彼女ではない。

そのとき、セアラと目があい、その瞳に動揺が見えた。ミス・サクストンに傷つくようなことを言われたからだろうか？　それとも、散歩の相手を選んだとき、明らかにアマースト伯爵の判断がおかしかったからだろうか？　セアラは袖を縁取る白いレースを指でつまんだ。「アマースト伯爵は庭がお好きなようですね。きのうもひじまで土で汚して、両手で土を掘っていらっしゃる伯爵を姉が見かけましたから」

セアラがそう言うと、全員が一瞬息を呑み、そのあと忍び笑いが起こって、口には出さないものの全員が否定した。

「そうなのですか?」体調を崩したせいで、まだ顔色が悪いレディ・ジョージアナが訊いた。「伯爵は何か説明なさいました?」

全員の視線がヘンリエッタに集まった。瞳孔がヘビのように細くなったミス・サクストンもじっと見ている。「あ、あ、あの――」

部屋じゅうが静まり返ってヘンリエッタの答えを待ち、息をする音さえ聞こえない。ヘンリエッタは唾を飲みこみ、気のきいた答えができるよう何とか唇を動かして声を発した。「……はい」

ヘンリエッタはほっとして大きく息を吐きだすと、きちんと返事ができたことを喜んで微笑んだが、その笑顔は優越感の表れだと解釈されたようだった。母が苦々しそうな顔をした理由が、それだとすれば。

「どんなふうに説明されたのかしら」レディ・ジョージアナが先を促した。

「ええ、そうですね」ヘンリエッタは最初の質問を忘れかけていた。「アマースト伯爵は掘り返されている草を見つけたので、使用人が世話をできるよう土のなかに埋め戻しているのだとおっしゃっていました」

「まあ、何てご親切で思いやりがある方かしら」ミス・サクストンのおばが応じた。

「ええ、本当に」ミス・サクストンが厳しい声で言った。

ヘンリエッタはミス・サクストンに対してどことなく不安を抱いていた。ミス・サクストンがアマースト伯爵に関心を寄せているからなのか、全体的にとげとげしい態度をとってくるからなのかはわからないが、セアラも同じことを感じたらしく、ふたりの目があった。

「でも、妙な話よね」ミス・サクストンのおばが眉を寄せた。「誰が、どうして草を抜いたりしたのかしら。どうして、そんな……粗野な真似を？」

「根を取って、お茶をいれようとしたんじゃないかしら。レディ・ヘンリエッタがわたしにいれてくれたみたいに」レディ・ジョージアナが淡々と言った。

全員の目がふたたびヘンリエッタに集まった。

ヘンリエッタは椅子のはしを手でつかんだ。ハーブに関心を持っていることは秘密ではないが、広く知られているわけでもない。あまり一般的でないことへの関心は、答えというより疑問を多く生みだすものだから。

「あのお茶がなかったら、わたしはまだ具合が悪かったと思うわ」レディ・ジョージアナが話しつづけてくれたおかげで、好奇心にあふれた目がいくつかそれた。

「あなたが植物に詳しいなんて知らなかったわ」ミス・サクストンのおばが言い、ヘンリエッタを見た。「知っていたら、あなたに力を貸してもらうようレディ・ジョージアナに言えたのに」

「ご親切にありがとうございます。でも、ご心配いただくまでもありませんでしたから」レディ・ジョージアナが言った。

「レディ・ヘンリエッタが治す方法を知っていたなんて、何て運がいいのかしら。それが掘り起こされていた根が必要な方法でなければいいけれど」ミス・サクストンは立ちあがり、おばにうなずいた。「少し、新鮮な空気を吸いたいわ」

庭をひとまわりするぐらいでは機嫌はよくならないだろうし、バラやアジサイに囲まれても、彼女の性格は変わらないだろう。

ミス・サクストンのおばはほかの人々にすばやくお辞儀をすると、意地悪な姪を追って足早に部屋を出ていった。

ヘンリエッタは何も言えずに呆然とすわっていた。たとえ何か気の利いた答えを考えついたとしても、唇が動かない。

「ミス・サクストンのことはあまり気にしないほうがいいわ」レディ・デューベリーはそう言うと、細い鼻を引きあげた。「あの方は子爵のご令嬢だけれど、家柄にふさわしいだけのお金がないのよ。資産がなければ、彼女の言うことなんて誰も気にしないわ」

ヘンリエッタの母が応接間のフラシ天の長椅子から立ちあがった。「何であろうと、娘が植物に関心を抱いているのはあくまでも趣味ですし、ほかの方々のためになることでしか使わないことは請けあいます」

ヘンリエッタは母を見た。「誰もそうじゃないなんて言ってないわ」

「言う必要がないからよ」セアラが立ちあがり、両手を組んだ。「夕食まで部屋にいることにします」ヘンリエッタをちらりと見て、ほんの少しだけ頭をドアのほうへ動かした。

「いい考えね。わたしも一緒に行くわ」ヘンリエッタはスカートを手で払うと、立っている母と妹に加わった。そして膝を折り、お辞儀をして部屋から出ていこうとしたところで、ミス・サクストンのおばがドアの外に立った。薄い色の肌が一段と青ざめている。

「ジェインが」喘ぎながら言った。「庭で具合が悪くなりました」

サイモンが書斎を歩くと、隅にある大型の振り子時計の低くて規則正しい音と、重い足音が重なった。サイモンは細長い部屋のはしで向きを変えた。重厚で男らしい家具の暗い輪郭を満月の光が照らしている。

この家具も、この書斎さえもいつか息子に譲りたいと思っている。黒髪の少年が書斎の真ん中で大理石のチェス盤の上でかがみこみ、じっと考えこんでいる姿が見えるようだった。おそらく対戦相手は弟で、兄の作戦に挑んでいるのだ……。

そのいっぽうで少なくともサイモンの経験では、兄弟は利益になるより厄介な存在である場合が多いことも知っている。いまこの屋敷では半数の女性が何らかの不調に苦しんでおり、もしそれだけの悪夢を企める想像力と精神力が弟にあるのなら、呼びつけてその気取った口から白状させてやるのに。

弟のフィリップになら間違いなく動機がある。フィリップは最近ラム酒の違法取引に手を染め、ひどく欲深くなった。アマースト伯爵家の資産が喉から手が出るほど欲しいはずだ。

だが、フィリップは不正を働いてはいるが、利口ではない。だから金に困ってフェントン子爵の手下となってラム酒の密売に加担し、アンの愛人だったこの子爵の用心棒に甘んじていたのだ。

フィリップはアマースト伯爵家の資産を欲しがってはいるだろうが、それを手に入れるだけの知恵がない。いっぽう、フェントン子爵であればサイモンの評判を傷つける方法など簡単に思いつくだろう。それを実行するための金もあるし、忠実な手下も大勢いる。

だが、フェントンにはサイモンの評判を落とす動機がない。アンは自分ではなくフェントンを選んだ。そしてアンの死後まもなく、あのならず者はほかの女性を愛人にした。フェントンは女性のことなど何も気にかけていない。気にかけているのは、相手がどんな役に立つかということだけだ。

サイモンが持っているものは、フェントンも持っている。あの横柄な男には子爵の身分も、ありあまるほどの資産もあるのだ。

だが、フェントンでもフィリップでもないとしたら、誰が女性たちの体調を悪化させることで自分を傷つけようとしているのだろうか？　いったい誰が花嫁選びをじゃまするだけでなく、噂に信憑性を与えて評判を落としたいという動機を持っているというのか？　社交界の人々が信じているように、自分を有罪に見せたいと考えているのは誰だ？　ひとりの女性を殺し、いままた同じ犯罪をくり返そうとしていると見せかけたいのは？

ああ。

自分は女性を傷つけたりしない。サイモンはうなり声をもらして、きちんと並べられたチェス盤のまえで足を止めた。

いまのところ体調が悪くなったのは女性客だけだ。だがそれは、全員に何かがしかけられたにもかかわらず、たんに女性のほうが身体が弱いせいだからかもしれない。それに可能性ということで言えば、女性たちが自分の同情や関心を引きたがっているせいかもしれない――といっても、これまでのところ体調不良は本当のようだが。

しかしながら、たとえ軽い症状だとしても、もはや些細なことだと野放しにしておくわけにはいかない。短い期間にこれだけ立てつづけに起こっているのだから、偶然とは考えられない。

勝負をしかけられているのだ。間違いない。誰かが悪意を持って、自分が妻にすることを考えている女性たちを直接狙っているのだ。

それなら、その勝負を受けて立つ。

女性たちを傷つけようとしてこそこそ動きまわっているやつをあぶり出して、アマースト伯爵のじゃまをしたことを後悔させてやる。

とにかく、まずは犯人を見つけなければ。

左側にある振り子時計が静かな音を立て、時刻を知らせる準備をはじめた。静かな書斎に朗々とした低い音が二度響いた。

ああ、もうこんな時間か。

時間が過ぎていたことに気づかず、暖炉の火が消えていたことにも、サイドボードに置いてあったブランデーのデキャンタが空になっていたことにも気づかなかった。

サイモンは両腕を伸ばし、蠟燭に火をつけて、寝室へ向かった。

屋敷はがらんと静まりかえり、長い廊下を歩いて暗い部屋のまえを通りすぎるときも、聞こえるのは抑えた自らの足音だけだった。

サイモンはほかの客たちを起こさないように、寝室へ行くために階段を忍び足でのぼっていき――立ち止まった。

カチャという音が聞こえたのだ。掛け金があがり、ドアが開いた……こんな時間に廊下を歩きまわるのは、ひとりしかいない。

サイモンは角をまがり、蠟燭を掲げて微笑んだ。

レディ・ヘンリエッタは手で口を押さえて悲鳴をあげそうになるのをこらえた。指先の上から丸いふたつの目がサイモンを見つめている。

「眠れなくて」サイモンは短くささやいた。

ヘンリエッタは片手で口を押さえたまますなずいた。

「具合でも悪いのですか？」ああ、もしも彼女まで具合が悪くなったのだとしたら？またひとり犠牲者が出たのか？　サイモンはヘンリエッタに近づき、壁沿いに並んでいるテーブルに蠟燭を置いた。

ヘンリエッタは手を口から離したものの、目はそらさない。「だ、だ、だいじょうぶです」小さな声で答えた。

サイモンは知らないうちに止めていた息を吐きだした。

ヘンリエッタが手を取ると、サイモンの脈拍が跳ねあがった。「わたしも眠れなくて。ミス・サクストンが……」廊下のほうに目をやったあと、ふたたびサイモンを見た。

「どうしたんです？」ミス・サクストンの体調が悪化したのだろうか？　医師は胃腸の調子が悪いだけだと請けあっていた。発熱もしていないし――。

レディ・ヘンリエッタが指を唇にあてた。サイモンは動きを止め、かすかな音でも聞こえるように耳を澄ましたが、耳に入ってくるのは早朝の静寂だけだ。すると、彼女がナイトドレスの衣ずれの音をたてながら、サイモンをドアのほうへ引っぱった。

嘘だろう。

誘惑の魔手が招いており、サイモンにはその先のなりゆきがいやというほど読めていた。レディ・ヘンリエッタと一緒に寝室に――ベッドがある寝室に――入ったりしたら、よい結果にはならない。だが、訊きたいこともあり……。

サイモンが暗い寝室にそっと入ると、ラヴェンダーの香りが分別を攻撃してきた。サイモンはヘンリエッタに近づき、月光を浴びて光り、かすかに透けているナイトドレスのことを必死に無視しようとした。ああ、尻や腿の輪郭、それに脚のあいだの三角形の影まで見える……。

この部屋から出るんだ。いますぐに。肉体が彼女を求めている。レディ・ヘンリエッタが少しでも興味を示したら、きっとすぐさま飛びかかってしまうだろう。

ヘンリエッタはドアを閉め、唇をかんだ。「ミス・サクストンの症状についてずっと考えていたんです。正直に言うと、掘り返されていたリコリスの根や保管していたハーブがなくなったこと、それからもちろんあなたの意見もあわせて考えてみると――」

「ぼくの意見？」

ヘンリエッタはうなずいた。「あなたが考えたように、もしかしたら誰かがわざと女性たちに害をもたらしているのかも」

「興味深い意見だが、ぼくにもまだ証明できていない」

「誰かが彼女たちに害を与えたいと考える理由はわかったのですか？」

「あなたは何も思いつかない？」サイモンはヘンリエッタに近づき、艶やかな黒髪に触れた。やわらかで、滑らかで、指の上を滑り落ちていく。

ヘンリエッタはサイモンと目をあわせた。「あなたの……あなたの過去と関係が？」

「ぼくの過去も、現在も、未来もだ」サイモンは手をわきにおろした。「卑怯者の弟は爵位を相続したいと狙っている。社交界はぼくの名誉は許しがたいほど傷だらけだと思っている。それに、この傷が」サイモンは低い声で笑った。「つねに忘れさせてくれない。ぼくが――」長く息を吐きだした。

「ぼくが、何?」ヘンリエッタが小さな声で訊いた。

サイモンは顔をそむけ、暗がりのほうを向いた。「レディ・ヘンリエッタ、もう遅い。あなたの寝室にいるところを誰かに見られたら――」

「わたしが誘ったと言います。あなたがこの部屋にいるのは、わたしが誘ったからだもの」

サイモンはふり向き、ヘンリエッタを探るように見た。「そのとおり。そして、そうなれば妻に選ばれるのはあなただ」

「あなたを寝室に入れたのは、求婚させるためじゃないわ」

サイモンは片方の眉を吊りあげた。「本当に? プラムバーンを自分のものにしたくない?」ああ、何てばかだったのだ。寝室に招き入れたのは彼女自身の目的のためではないと本気で信じていたなんて。

「もちろん、自分のものにしたいわ。ここには父の思い出が残っているから。この家には」

「レディ・ヘンリエッタ――」

「でも、わたしが欲しくてたまらないのは、いまの伯爵です」

サイモンの耳の奥で鼓動が激しく鳴り響いた。あり得ない。本気で言っているはずがない。これは罠だ。ベッドに誘いこむための策略だ。それなら引っかかってやろうじゃないか。

「傷ものの男に身を捧げると？　片目しかない男のものになると？」

「わたしはあなたにこの身を捧げたいの。傷なんて関係ない」

サイモンの低い笑い声が響いた。「ずいぶん自信がありそうだが、この眼帯の下を見ても、そんなふうに熱心に言えるのかどうか」

ヘンリエッタはまえに進みでると、てらひらをサイモンの胸にあてた。「言えるわ」

突き刺さるようなヘンリエッタの視線を受け止めているうちに、サイモンの息づかいは落ち着きはじめた。ヘンリエッタの目はサイモンがずっと不可能だと思っていたことをやってみろと訴えているようだった。だが、ヘンリエッタが決して怯まずに自らを投げだしてくれたことで、不可能ではなくなった。彼女がすべてをさらけだしてくれるなら、自分もそうしなければ。

サイモンは頭のうしろに手をまわし、眼帯を留めている黒いひもの結び目を解いた。

そして深呼吸をすると、眼帯をはずした。

10

ヘンリエッタは息を呑んだ。

サイモンが傷を見せるなんて思っていなかったし、想像さえしていなかった。彼の目はなくなってはいなかったが、ビー玉のように白く濁り、周囲の皮膚はしわが寄り、ピンク色の醜いこぶのようになっていた。

「ああ」ヘンリエッタは声を小さくもらした。

サイモンは顔をそむけてうつむいた。「出ていってほしいと思われても仕方ない」

「い、い、いいえ。誤解です」ヘンリエッタはあわてて言った。

「どうか、ここにいてください」

サイモンはためらっていたが、丸めていた背中をわずかに伸ばした。「気持ち悪くないのか――この傷を見ても、嫌悪感が起きない？」

ヘンリエッタはサイモンの顔に片手を伸ばし、頬にてのひらをあてた。確かに見かけは醜いけれど、傷ついた顔の下にあるアマースト伯爵という人物は変わらない。

「気持ち悪くないのか？　ええ、気持ち悪くなんかないわ。びっくりして、好奇心をそそられたか？　そ、そ、その点についてはかなり気がとがめています」

ヘンリエッタはサイモンに手を取られて指先にキスをされると、てのひら全体がぴりぴりと痺れてきた。

「ど、ど、どうして、そんなことに？」ヘンリエッタは喘ぐように尋ねた。

「ある子爵と争いになって」

「そのひとにやられたのですか？　なぜ、そんな真似を？」ヘンリエッタは彼の手を握りしめた。

サイモンの唇が指先から離れ、ヘンリエッタは急に指が冷たくなった気がした。

「重要なのは〝誰〟ではなく〝なぜ〟かということだ」

「い、い、言っている意味がわからないわ」

サイモンはヘンリエッタの手に頭を預けたが、その目に迷いはなかった。「アンという女性に裏切られたんだ。でも、まだアンが不貞を働いていることを知らなかった頃、ぼくはある子爵に彼女について淫らなことを言われて、アンはそんな女ではないとかばった。きみの父上がまだご健在で、ぼくは爵位もないただの男だったのに、犯罪に手を染めているという噂がある有力な子爵に楯ついたんだ。そして、その子爵は自分の権威に逆らう人間を見せしめにするのが好きだった」

「サイモン」ヘンリエッタはほかに何と言っていいかも、どう慰めたらいいのかもわからず、ただ名前を呼んだ。醜聞紙も、サイモンの周辺でささやかれていた噂も、どれも少しも真実を伝えていなかった。目のまえの男性は殺人犯などではなく、女性の名誉を守るために負傷したのに誤解されたのだ。

サイモンは彼女の手を放すと、髪に手を差し入れた。するとヘンリエッタは彼に口づけ、唇を滑らせながら、彼のシルクのような舌が動くたびに全身を震わせる悦びを味わった。

またしても身体が熱くなり、切なさや、欲望や、どう満たしていいのかわからない何かが激しく渦巻いた。

「ヘンリエッタ」サイモンがキスの合間に呼んだ。

サイモンは彼女の尻まで手を伸ばし、大きなてのひらでその丸みを包みこんだ。ヘンリエッタのなかで野獣が叫び、血が全身を駆けめぐり、自制心は消え失せた。ヘンリエッタはサイモンの下唇を歯ではさみ――引っぱった。

サイモンはうめき、ヘンリエッタの脚が自分の腰にくるまで彼女を抱きあげた。ヘンリエッタが彼の肩につかまると、薄いナイトドレスが腿に張りついた。

「ああ、きみが欲しい」サイモンは唇を離してささやいた。

「わたしを？　う、う、うまく話せない女でもいいの？」

「うまく話せない？」

まさかサイモンが気づいていないとは信じられず、ヘンリエッタは唇をとがらせた。

「し、し、知っているくせに」

「どうして？」サイモンはヘンリエッタの首に顔をうずめ、脈打つところに唇を寄せた。

「き、き、緊張のせいね。たぶん」ヘンリエッタにはもうきちんとした文章で答えることはもちろん、考えをまとめることさえできなかった。

サイモンが身体を引いた。黒くて太い眉が吊りあがっている。

ヘンリエッタは下を向き、探るようなサイモンの目を避けた。「ひとと一緒にいると、いつも緊張するの。とくに大勢いる場所とか、パーティーの席とか」肩をすくめて続けた。「だ、だ、だから草花と一緒にいるほうが好き。からかったり、決めつけたりしないから」

「少しくらい言葉が出にくいからといって、きみのすばらしさや知性に気づかない大ばか者のことなんか気にする価値もない」

ヘンリエッタは顔が熱くなった。「やさしいのね」

「ぼくの性格を表すのに、普通はやさしいという言葉は使わない」

ヘンリエッタは顔をあげて、サイモンと目をあわせた。にっこり微笑んでいた口もとがゆがみ、悪魔にふさわしい表情に変わった。

サイモンが彼女を抱えなおして尻をつかむと、ヘンリエッタは息を呑んだ。「何といっても、ぼくは〝黒伯爵〟だからね」

ヘンリエッタが笑いだしてのけぞると、サイモンは唇を喉もとに寄せて、むさぼるように口づけた。

　足を踏みだして、ブリーチズのなかでふくらんでいるものを彼女の脚の付け根に押しつける。そしてヘンリエッタをベッドにおろし、蝶のはばたきのようなやわらかいキスをあごに降らすと、彼女の肌はそのたびに燃えあがった。

　サイモンの唇が肩に触れると、ヘンリエッタの身体は震え、息がつまった。サイモンは手を軽く動かしただけで、ナイトドレスの首まわりのひもを引き抜いた。ヘンリエッタは頭をうしろにそらして彼のやさしい愛撫を受け、どうか彼が手を止めませんようにと聖なるものすべてに祈った。

　ヘンリエッタの唇から小さく吐息がもれると、サイモンは顔をあげて微笑んだ。ヘンリエッタは彼の注意がそれた一瞬の隙を逃さず、首もとで完璧に結ばれたクラヴァットを引っぱった。サイモンは身動きすることなく、その様子を見つめていたが、その目は次第に色を濃くしている。

　ヘンリエッタはどうしたら男性を誘惑できるのかも、サイモンがいとも簡単に与えてくれる悦びをどうしたら返せるのかも、まったくわからなかった。つまずかずに歩けるだけでも、ヘンリエッタにとっては小さな奇跡なのだ。この不器用な手で、恥をかかずに何かができるはずがない。

でも……経験がなくても本能が導いてくれるようだ。ヘンリエッタの両手はひとりでに動き、糊の効いたシーツの上をさまよい、彼の上着の背中に伸びた。

サイモンが彼女を助けて肩からウールの上着を落とすと、そろいのベストと、薄手の白いシャツが現れた。

「そうやって手を貸しているうちに、きみはとても危険な男と、危険な領域に踏みこむことになる」サイモンの声はやさしかったが、その警告はとても厳しいものだった。

「ええ。どんな障害があっても女性の名誉を守ってくれる、とても危険な男性よね」

「そして、このまま続けていったら、適当なところでやめると約束できない男だ」

ヘンリエッタは肌がかっと熱くなったが、手はベストの真鍮のボタンをはずすのをやめなかった。

サイモンの呼吸は浅く、ヘンリエッタが腕からベストを抜いたとき、彼の胸はほとんど上下していなかった。シャツのはしから黒い胸毛がのぞき、下がった襟もとがやわらかな胸毛に手を伸ばすよう誘っている。「だめよ、サイモン。やめないで」

サイモンは唇にキスをすると、両手で頭を支えて枕の上におろした。そしてヘンリエッタの唇をついばみ、舌を挿し入れた。とても甘く、ブランデーと、アルコールに漬けた果物の味がする。

ふたりの舌が触れあうと、血が全身を駆けめぐった。まるで急に息づいたかのように、深い冬眠から目覚めた身体がびりびりと痺れる。サイモンの手によって目覚めさせられたのだ……いま脚をなでている手に。

ああ。

サイモンは腿の上で手を広げ、指先で脚のあいだの秘密の茂みをなでている。その奥の隠された部分が激しく疼きはじめると、ヘンリエッタは身体を震わせ、さらに奥を探って疼きをやわらげてほしくなった。サイモンはためらい、指を止めた。「ヘンリエッタ」緊張した、不明瞭な声だった。「ぼくは――」

「お願い」

サイモンはうなると、腿の上で手を滑らせ、脚のあいだの熱くて敏感な部分に置いた。そして親指を小さく動かし、やわらかな禁断のひだをこすりながら、奥へと進めていった。ヘンリエッタは両手で彼の背中にしがみつき、背中を弓なりにそった。のけぞり、脚のあいだを弾かれるたびに息を呑んでは身をよじらずにはいられない。ああ、彼は意地悪な魔術師にちがいない。黒魔術を使って、こんなふうに息を切らせて……貪欲にさせるのだから。

「あ、あ――」ひだのなかに指がもう一本入ってくると、言葉が頭から残らず消え、声だけがもれた。

親指の動きが止まり、今度はすすり泣きのような、悲鳴のような声がもれた。もう、これ以上の責め苦はない――そう思っていたのに、サイモンは顔を近づけ、これまで指で攻めたててきた場所に唇をつけた。

「サ、サ、サイモン」ヘンリエッタは息を呑んだ。あり得ない場所に舌を挿しこまれ、熱を持った肉を唇で吸われるたびに、快感に襲われて身体が震える。ヘンリエッタは指先が頭皮に食いこみそうなほど、サイモンの頭を必死につかんだ。彼の口と、舌と、指先でもたらされる興奮以外は何も考えられず、頭はぼうっとしている。呼吸は喘ぐように短く、身体はのけぞり、サイモンの口に自らを押しつけている。サイモンは痺れる身体で舌を動かしつづけた。「もう、だめ」ヘンリエッタはつぶやいたが、やめてほしいとは思わなかった。

サイモンは脚のあいだの敏感なつぼみをこすり、舌で先端をなでた。ヘンリエッタはひときわ高い声をあげ、その瞬間に頭のなかに色と光があふれだした。

全身が震え、絶頂から解き放たれたさざ波が広がると、サイモンの下で彼女の身体が引きつった。

サイモンは彼女の声を抑えるために、唇に舌を挿し入れた。唇にはまだ秘めやかな部分の味が残っている。

ヘンリエッタは両手でサイモンの腕をつかみ、先端が硬くなった胸の上に引っぱりあげた。

サイモンがキスをやめると、唇が熱を持っていた。「ああ、ヘンリエッタ。きみが欲しいよ。こんなにも誰かが欲しいと思ったのは初めてだ」

ヘンリエッタはぎこちなくサイモンのシャツをつかんで、頭から脱がせた。どうしても肌と肌をあわせたかったのだ。サイモンは彼女を手伝い、ブリーチズを尻から膝へとおろした。へそまでつながっている毛と、筋肉が盛りあがった腹を目にしたとたん、ヘンリエッタは脚の付け根がまた熱くなった。

サイモンは両手をヘンリエッタのわき腹に滑らせ、ナイトドレスをめくりあげた。そして彼女を引き寄せると、薄い綿のナイトドレスを頭から脱がせてわきへ放った。

ヘンリエッタはまだたりなかった。お腹の奥の疼きを、心臓が鼓動するたびに脈打つ脚のあいだの欲望を満たしてほしかった。

サイモンは片手で胸に触れ、てのひらで豊かなふくらみを包みこんだ。そしてぎゅっとつかみ、親指で先端を愛撫した。

ヘンリエッタはもう何も考えられず、ふたりが結ばれた先にあるものを判断することも、気にすることもできなかった。朦朧という言葉ではたりないほど、頭には霞がかかり、感覚は研ぎ澄まされ、思考は鈍くなっている。いま欲しいのは、サイモンだけだ。

「お願い」この渇きを癒せるものがあるはずだ。ヘンリエッタはそれをねだった。

自分の上に重なっている身体はたくましく、肌には張りがあり、腕と腹の筋肉は硬く輪郭が浮きでている。

ヘンリエッタは背中をそり、乳房を彼の胸に押しつけた。

「ヘンリエッタ」サイモンはささやいた。「きみにとっては必ずしも気持ちがいいものだとは約束できないし、きみが楽しめるかも――」

ヘンリエッタが求めているのは言葉などではなく、サイモンの行動と、お腹にあたっている太くて硬いものを感じることだけだった。ヘンリエッタは彼にキスをして、ふたりの結びつきを完璧にして、自分をサイモンのものにしてほしいと促した。

サイモンは願いを受け入れ、ヘンリエッタの身体を枕の上におろし、滑らかなひだの奥に指を入れ、男の部分を挿し入れた。そして腰をまえに進めて、彼女のなかを満たした。

鋭い痛みが身体の中心を走り、ヘンリエッタがたじろぐと、サイモンを包みこんでいた部分が引き締まった。

「ああ」サイモンの口からかすれ声がもれた。歯を食いしばり、しっかり腕をついていたが、目はやさしく……心配そうだった。

ヘンリエッタは腰をあげて彼に応え、サイモンをしっかり包みこんだ。サイモンは彼女の頭の両側に手をついて、うなり声をあげた。そしてキスをして、まだ脚のあいだに残っている痛みから彼女の気をそらそうとした。頭がくらくらし、心臓は胸から飛びだしそうなほど勢いよく動いている。「サイモン」ヘンリエッタはキスの合間に呼んだ。

唇を離すと、サイモンの顔は緊張していた。サイモンは枕に置いていた手を離し、ヘンリエッタの身体の上を滑らせて腰に置いた。そしてもう一度うなり声をもらして身体をまえに進めると、ヘンリエッタはなじみ深いリズムで身体をそらした。

サイモンが呼吸にあわせて腰を動かしているうちに、ヘンリエッタは快感と痛みで頭がぼんやりしてきた。サイモンはもう一度腰を突きあげて身体を震わせると、意味のわからない言葉を発した。

ヘンリエッタはサイモンを抱きしめて引き寄せ、ふたりが成し遂げたことの重大さに身震いした。

11

サイモンが腕の痺れを感じながら目を覚ますと、大きく目を開き、ひどく髪が乱れたヘンリエッタが自分を揺さぶり、ベッドから出そうとしているところだった。

「サイモン」ヘンリエッタが小声で言った。「もう行かないと。もうすぐメイドがくるわ。あなたがこの部屋にいるところを見られるわけにはいかないから」

サイモンは自分の脚に彼女の裸の脚が触れただけで、身体が硬くなった。そしてヘンリエッタのうなじに手をまわして引き寄せた。

ヘンリエッタは身体をよじって、サイモンの腕からすり抜けた。「妹たちは前触れなしに部屋へくるし、ときどき母もそうなの」

夜明け直後の朝陽がカーテンの隙間から射しこんできて、ヘンリエッタのあわてた顔と動揺した様子をやわらかなオレンジ色の光で照らしている。

サイモンは物憂げに片手で髪をなでて、伸びをした。結婚はヘンリエッタの評判に傷がつかず、自分自身の評判もこれ以上は落とさない正しい手順で進めたいとは思っているが、あまりにもベッドのなかが気持ちよかった。ヘンリエッタが隣にいると、身体が熱くなり、欲望で下半身が硬くなるのだ。

こんなにもひとりの女性に心を動かされたことはなかった――初めてだ。アンは欲望を満たし、愛情に似たものを感じさせてくれた。身分のちがいから結婚については口に出せなかったが、彼女に対する思いは真剣だった。

だが、ヘンリエッタは……すべてを変えた。サイモンは他人とこんなにも深く、密接に関わったことがなかった。ヘンリエッタのそばにいられる機会が待ち遠しくてならないのだ。

ヘンリエッタの腕のなかでわれを忘れ、傷を負って以来初めて、外見が損なわれても、愛してもらえるのだと信じられた。ヘンリエッタは惜しげもなく自らを捧げてくれた。ふたりのあいだにあるシーツはまだ温かく、愛を交わした際の麝香《じゃこう》に似た素朴なにおいが残っている。

「サイモン」ヘンリエッタは小さいが、強い声で言った。「お願い、出ていって」

もちろん、彼女の言うことは正しい。ただし、それはサイモンがもう一度ヘンリエッタを求め、身体を重ね、快感で身をよじらせ声をあげさせたいと考えていなければの話だ。

「起きているよ」サイモンは意地悪くもごもごと答えた。硬くなったもので、シーツが持ちあがっている。

ヘンリエッタは真っ赤になり、視線を床に落とした。そして毛布に手を伸ばして肩にかけると、早朝の交わりのせいでまだ赤みが残っている、ピンク色の美しい肌を隠した。

「使用人用の出口を使って」ヘンリエッタは声をひそめて言った。「左に三度まがって、最後に右へまがれば、男性の部屋が並ぶ廊下に出るから」

くそっ。もう一度ヘンリエッタを味わい、彼女の気が遠くなるまでキスをしたいのに。

サイモンはシーツを放って、ヘンリエッタに近づいた。

「サ、サ、サイモン」ヘンリエッタは目を見開き、茶色に金色の斑点が浮かぶ瞳でサイモンの裸体を見おろした。

サイモンは毛布でくるまれたヘンリエッタに両手をまわして引き寄せた。そして顔を近づけて、彼女の唇に触れる寸前で止めた。だが、彼女の息が唇にかかると、すぐに得られることがわかっている悦びを拒むことができずにキスをした。

腕のなかのヘンリエッタの身体から力が抜けていった。彼女の緊張が解けて口が開くと、サイモンは存分にその唇を味わった。

ヘンリエッタが喘ぐと、サイモンは毛布をはぎとった。両手で完璧な曲線をなぞり、片手でたわわな乳房を包みこむ。そして唇を離すと、とがった胸の先端を舌で突いた。ヘンリエッタはのけぞり、硬くなった胸の先端をサイモンの口に押しつけた。サイモンは喜んで温かな乳房を吸い、舌で先端を転がした。するとヘンリエッタは何度も声をあげ、サイモンは毛布のなかで危うく達しそうになった。

「サイモン、もうやめて」ヘンリエッタは小さく喘ぎながら言った。「誰かに聞かれたら……」

サイモンは仕方なくヘンリエッタを放して顔をあげた。

ヘンリエッタは口もとに笑みを浮かべながら、両手でサイモンの胸を突いた。「もう、いやなひとね。早く、行って。誰かに見られないうちに」

サイモンはにやりと笑い、腰をかがめてシャツをひろうときに、ベッドのわきの小さなテーブルに置いてあった眼帯が目に入った。

片手で顔に触れると、盛りあがってこぶになった、ざらざらとした傷痕が指先に触れた。目のまえの美しいヘンリエッタに夢中になっていたせいで、眼帯をはずしていたことを忘れていた。いま、その美しいひとは夜明けの陽ざしのなかで、顔につけられた傷とその醜さをはっきり目にしている。これでは、追い出したくなるのも無理はないのかもしれない。

サイモンが小声で毒づいて眼帯に手を伸ばすと、ヘンリエッタの手が重なった。

「どうしても着けないといけない？」ヘンリエッタが訊いた。「結び目のところの皮膚がへこんでいるのよ、サイモン。頭が痛くなるのも無理ないわ。眼帯と結び目が肌をこすっているの。目を守るために必要でないなら、眼帯をはずすことをお勧めするわ。あなたの皮膚には呼吸をして……癒すことが必要なんじゃない？」

サイモンは後ずさった。手はヘンリエッタと重なりあったままだったが、視線は毛布をはだけたまま目のまえに立っている女性にしっかりと向けた。

ヘンリエッタには驚かされてばかりいる。彼女の提案は……じつは細かい内容はあまりよくわからなかったが、まさかそんなことを……眼帯をはずせなどと助言してくるとは思わなかった。あまりにも滑稽な提案だ。

「本気かい？」ヘンリエッタはきっと冗談を言っているにちがいない。

「もちろん。こんなに真剣になったことはないわ」ヘンリエッタはサイモンの手を握りしめた。彼女に触れられた手が熱い。

サイモンはシルクの眼帯と一緒に手を引っこめた。「この下に隠れているものを見たいひとなんていないさ」

「隠す必要なんてないわ。あなたは無実で、ひどく誤解されているし――」

「傷ものだ。それに陰口をささやかれる……この眼帯をしていたって、あれこれ言われるんだ。これがなかったら……ぜったいにだめだ」サイモンは首をふり、硬い眼帯を目にあてて、頭のうしろでひもをきつく結んだ。明るい陽ざしのもとで傷痕を見ても、ヘンリエッタが嫌悪感を抱かなかったことにはこのうえなくほっとしたが、眼帯が与えてくれる小さな安心感なくして外を歩きまわるつもりはなかった。

サイモンは頭からシャツをかぶって、肩を入れた。ヘンリエッタの提案には仰天したが、そこにはちくりと心を刺す真実が隠れていることも否定できなかった。自分は眼帯で隠しているのだ。恐怖や、不安や、過去や……心を。

サイモンの心はヘンリエッタの小さな手と、受け入れてくれる心と、知性に奪われてしまった。ブリーチズに脚を入れながら、彼の手は震えていた。これまで何とかしっかり守ってきたのだ……まだ手放す覚悟はできていない。

「サイモン」ヘンリエッタは手を伸ばしたが、サイモンはまだ自らの愛情の深さに震えており、思わず後ずさった。

「もう行かなければ。きみの言うとおりだ。ぼくの意思を表明するまでは誰にも見られないほうがいい」

サイモンはベストをひろい、高価なジャカード織りの生地を破きそうになっているのも気にせずに、すばやく腕を突っこんだ。ベストならまたつくればいい。何といっても、自分はアマースト伯爵なのだから。

それに、もう伯爵夫人は決まったのだから、評判なんてどうでもいい。


ヘンリエッタは下唇をかんで顔をしかめながら、土に開けた深い穴に両手を突っこんで、カモミールを植えかえていた。早朝の太陽がうなじに照りつけ、ニットのショールと薄いモスリンのドレス越しでも陽ざしを感じ、サイモンの腕の温かさを思い出す。

サイモンはとてもやさしく自分に触れた。あれほど背が高く、荒々しい外見の男性とは思えないほど繊細に愛してくれた。サイモンと結婚できると思うだけで興奮がみなぎることを否定しても、意味はない。

サイモンに抱かれる悦びを心ゆくまで味わうには、一生は短すぎるかもしれない。

「そろそろ彼から結婚を申し込まれると思うの。そう感じるのよ」

ヘンリエッタはその声に凍りついた。そよ風が肌をなで、首にかかっていたゆるやかな巻き毛を揺らし――庭の向こう側にいる女性たちのないしょ話を運んできたのだ。

「もう結婚するつもりだと言われたの？」

朝の静けさのなかで、かん高い笑い声が響いた。ミス・サクストンだ。

こんなに朝早くから起きているひとがいるとは思ってもいなかった。とくに、ミス・サクストンはゆうべ具合が悪くなって、まだ回復しているさなかのはずだ。でも、そのいっぽうで、ミス・サクストンを診察した医師は、新鮮な冷たい風にあたって少しばかり散歩をすれば、体調不良など吹き飛んでしまうとばかり言っている。

よりにもよって、こんな朝に医師の指示にしたがうなんて。ヘンリエッタは両手についた土を払い落とすと、よろよろと立ちあがり、石壁とローズマリーの大きな茂みのあいだに滑りこんだ。手を泥だらけにして地面に膝をついているところをミス・サクストンに見られたら、また自分のひととなりを攻撃されて、評判に傷をつけられてしまう。

ミス・サクストンとレディ・ジョージアナが帽子をかぶった頭を低く突きあわせながら、石壁の向こうから現れた。

「行動ほど口には出してくれないの」ミス・サクストンはレディ・ジョージアナと腕

を組んでいた。「でも、ゆうべわたしの部屋にきてくれたのよ。もちろん、付添役も一緒だったけど。わたしを子ども扱いするものだから」

レディ・ジョージアナは目を丸くした。「彼がいらしたの？」

「ええ、そうなの。屋敷の主人としての務めだと言って、わたしの体調がよくなっているかどうか確かめるふりをしていたけれど。もちろん、こちらの使用人が熱心に世話をしてくれたおかげで、体調はよくなっているわ。でも、彼のひとつだけの目はまったくちがうことを語っていた。きっと彼に対するわたしの愛情の深さを見極めるためにきてくれたのよ」

冷ややかな恐怖が喉もとまでこみあげ、ヘンリエッタは息ができなくなった。〝主人としての務め〟〝彼のひとつだけの目〟ミス・サクストンが話題にしている男性はひとりしかいない。

「それで、彼に対するあなたの愛情はどのくらいの深さなの？」レディ・ジョージアナが訊いた。

「結婚を申し込まれたら、お受けするくらい深いわ。わたしたちはとてもよい組みあわせだと思うの。彼はきちんとした評判の妻が必要で、わたしは裕福な夫が必要なわけだから」

「でも、裁判や過去についての噂はどうなの？　怖くない？　まえの愛人と同じ運命をたどって、最後には……殺されるかもしれないのよ」

ミス・サクストンは背中をこわばらせて後ずさった。「わたしは彼にぞんざいに捨てられるような堕落した女じゃないわ。妻になるのよ。有力者で尊敬されている父親もいるの。わたしを手にかけたりするものですか。父の支援が欲しければなおさらよ」

「そうね。でも、誰もが事実だと信じていることは無視できないでしょう」レディ・ジョージアナが言った。

ミス・サクストンはあごをつんとあげた。「わたしは父の判断を信じているの。父が伯爵の過去の罪を見逃すつもりなら、わたしもそうするつもりよ。わたしがアマースト伯爵夫人になれば、父が間違いなくこのばかげた〝黒伯爵〟騒動を終わらせて、二度と噂が広まらないようにしてくれるはず。きっとほかの誰かの情熱的な色恋沙汰が代わりに話題になるでしょうね」

レディ・ジョージアナは弱々しく微笑んだ。「ええ、そうね」

屋敷の壁にへばりつき、陰で小さくなっているヘンリエッタのまえを、ふたりが通りすぎていった。

サイモンと話をして、彼の口から直接誰に結婚を申し込むつもりなのか聞かなければ――そもそも自分に求婚するつもりがあるのかどうか。ヘンリエッタは胸のなかに巣くう疑念に苦しんだ。どんなにミス・サクストンの軽率な話を無視しようとしても、その裏にある真実は否定できない。

ミス・サクストンの父親は社交界で力をもった子爵であり、ヘンリエッタには差し出せないものをサイモンに与えられる――過去をきれいに消し去ることだ。そうすれば、サイモンは陰口をきかれることなく、新しく出直せる。

それなのに、ヘンリエッタが差し出せるものといえば、出てこない言葉と……心だけ。

ヘンリエッタは陽ざしの下に出ると、レディ・ジョージアナとミス・サクストンとは反対側に向かう道を歩いた。そして厨房のドアを通り抜けて、アルコーヴを通りすぎたところで、ほっそりした妹とぶつかった。

「お姉さま?」驚いたらしく、セアラは薄茶色の目を大きく見開いた。

「セアラ、こんなところで会うとは思わなかったわ。しかも、こんなに朝早く。いったい、どうしたの? 幽霊を見たような顔をしているわよ」

「どうして——ううん、幽霊なら見ているわよ」セアラは胸に手をあてた。「幽霊みたいに真っ青よ。気分でも悪いの?」

「だいじょうぶよ」ヘンリエッタは歯を食いしばった。とりあえず、ミス・サクストンが口を開くまでは気分はよかったのだ。「でも、あなたは機嫌が悪そうね。すわったら、どう?」ヘンリエッタが妹に触れると、セアラは姉の手をふり払った。

「何でもないわ。こんなに朝早くお姉さまが外を歩いていたのを知ったものだから、少し驚いただけ。眠れなかったの?」

眠れなかった。肌の上で踊るサイモンの指と、首に触れてくる唇を思い出していたから。「少し不眠症なのかも」ヘンリエッタは頬を赤らめて答えた。

「カノコソウかレモンバームのお茶を飲んだ？」

「いいえ。ただ――」ヘンリエッタは妹を見つめた。「植物の本を読んだの？」

セアラは文句なしに三人姉妹でいちばん賢く、幅広い分野の知識を学びたがったが、自然に興味を持つことはあまりなく、とりわけ植物には無関心だった。セアラの興味は自然科学ではなく、歴史的な事実や政治に向いているのだ。

それなのに、眠りを引き起こすハーブを間違えることなく、ひとつならずふたつも名前を挙げたのだ。

「ええ」セアラはすぐさま言った。「このあいだソクラテスと民主制に対する批判について書かれた本を読んで、古代アテネ人がソクラテスを死刑にしたときに使った毒について調べてみようと思ったの。それでお父さまが図書室に置いていた本ならドクニンジンについてもっと詳しく載っていると思ったのだけど、ほら、お姉さまならわかるでしょ――あの手の本は次から次へと内容がつながっているから、ドクニンジンについてすべてを知るまえに、丸一冊読んでしまって」

「ええ、そうよね」セアラは大の読書家で、アルビーナとヘンリエッタがいくら本を読んでもかなわない。一度に一冊を読みきってしまうなんて珍しくないのだ。

「いま、カモミールを植えかえていたのよ。半分以上の花が刈りとられてしまったから。かわいそうに、ひどく荒らされていたから」

セアラは首をかしげて、おなじみの考えこむ顔をした。「カモミール?」

ヘンリエッタはうなずいた。「カモミールも眠気を誘うの。たぶん、ほかにも眠れないひとがいるのね。ただ、できれば使う分だけ取って、あまり刈りすぎないでほしいのだけど。わたしも使いたいのよ。サイモ――」ヘンリエッタは血がにじむまで唇をかんだ。「皮膚の薬として」

セアラは好奇心があふれる目で姉を見た。「たぶん、正しい量を知らないのよ。きっとミス・サクストンのお世話をしているひとが花を摘んだのね。きのうミス・サクストンは体調が悪かったようだし、眠れないだけじゃなくて、カモミールは胃の不調にも効くと言われているから」

「そうね」ヘンリエッタはゆっくり答えた。セアラは何かやるべき用事があるかのように、焦った顔をしている。ここで自分となくなったハーブについて話している場合ではないのだろう。「本当にだいじょうぶなの？　何だか……上の空のようだけれど」

「そう？　ああ、ええ、そうね。たくさんのお客さまがいるし、レディ・ジョージアナとレディ・イザベラとミス・サクストンは具合が悪くなるし、伯爵のこともあるでしょう——頭をいろいろな方向に働かせたせいね。ごめんなさい。心配させるつもりはなかったのだけれど」

　ヘンリエッタの顔がこわばった。「伯爵のこと？」

　セアラはうなずき、片手で口を押さえて小さくあくびをした。「ええ、そう。アルビーナとお母さまとわたしで、あのまぬけな男性がお姉さまを花嫁に選んでくれるよう動いているのよ。それなのに、ミス・サクストンに勝ちをさらわれるなんて許さない。アマースト伯爵夫人になるのはお姉さまなんだから。だから、ぜったいに——」

「セアラ」ヘンリエッタは妹の腕をつかみ、ひどく興奮している目を見つめた。「いったい、どうしたの？　ちゃんと寝ているの？」

　セアラは姉の手をふりほどいた。「もちろんよ」顔をあげて続けた。「とても大切な問題なのに、お姉さまがぼんやりした様子でいるのは感心しないけど」

「とても大切な問題って？」

「もう、お姉さまったら、忘れてしまったの？　プラムバーンよ。家族のものにしておきたいと言ったのはお姉さま自身よ。自分が犠牲になって伯爵に嫁いでもいいから、プラムバーンを守ることが重要なんだって」

忘れていた。どういうわけかプラムバーンが重要でなくなり、棚の最上段の宝物置き場から、床のどこかに落ちてしまったのだ……。いつ落ちたのかはわからないけれど。父が愛した石とモルタルでできた屋敷は、もういまの持ち主ほどの魅力はない。

「伯爵」ヘンリエッタはつぶやいた。

「そう、伯爵よ！」セアラが叫んだ。「お姉さまにとってはなくなったカモミールの花より、アマースト伯爵に求婚されることのほうが気になっていると思っていたのに。アマースト伯爵はやすやすとは感心してくれない男性よ。お姉さまのよいところを見てもらわないと」

ヘンリエッタはまばたきをして、考えごとから現実に戻った。「わたしではアマースト伯爵の気を引けないと思っているの？」

「ええ、そのままでは伯爵の気は引けないでしょうね。でも、お姉さまの性格に疑問を抱かせずに、堂々とした気品を見せつければ、だいじょうぶよ」

ヘンリエッタは口をぽかんと開けた。「いったい、どうしてしまったの？」おとなしい妹がいったいどうしてしまったのだろう？

「それはこちらの台詞よ。父親の屋敷を守ろうとしている娘にしては、やり方が本当にお粗末だわ。お姉さまが不器用なことは知っているけれど、今週はひどすぎる」

「す、す、好きで花瓶の水をドレスの上からかぶったわけではないわ」ヘンリエッタは早口で言った。「沼に落ちたのも、ばかな馬が暴れたのも」

「そうよね。好きで、うまく話せないわけでもない」

ヘンリエッタは息を呑んだ。「好きで、言葉がつかえるわけじゃないわ。これは障害だし、一生懸命克服しようとしている。くる日も、くる日も、毎日ね。あ、あ、あなたに、無能な人間と、あ、あ、頭がたりない人間だと、思われていたなんて信じられない」ああ、もう。これじゃあ、セアラに言われたとおり、言葉がわかりにくいお粗末な人間だ。

「別に、嫌みを言ったわけでは——」

ヘンリエッタは首をふった。心臓が激しく鼓動している。妹を押しのけるようにして、屋敷に続く階段へ向かった。これ以上侮辱されないうちに逃げださなければ。セアラの手助けなんていらない。アルビーナの手助けも。お母さまの手助けも。三人の手を借りなくても、アマースト伯爵の好意は得られた。ドレスのデザインやリボンの位置や、そのほかのくだらない見せびらかしではなく、植物の知識で彼の関心をつかんだのだ。

モスリンのドレスの裾が脚にぴったり張りついて引っぱられ、ヘンリエッタは足を止めた。

「お姉さま」セアラは息を切らしていた。弱々しい笑みを浮かべて、ヘンリエッタのドレスを放した。「ごめんなさい。お姉さまの言うとおりだわ。お姉さまにはどうしようもないことを口にすべきじゃなかった。わたしはただ心配で、神経が高ぶってしまって……少し疲れてしまったの」

ヘンリエッタはため息をついた。妹の心配はお門ちがいであり、もう必要ではないけれど、それでもこれは自分の責任だ。自分がもっと器用で、社交の場でも落ち着いていたら、家族の手助けなどそもそも必要なかったのだから。

サイモンのことばかり考えていたせいで、家族にどれほど重荷を背負わせていたのか、ほとんど考えていなかった。

ヘンリエッタはふり返って、セアラを抱きしめた。「あやまらなければならないのは、わたしのほうよ。あ、あ、あなたにわたしの運命を背負わせるつもりなんてなかった。これはわたしの未来であって、あなたの未来ではないのだから」

セアラは姉を強く抱きしめ返した。「わたしはお姉さまに幸せになってほしいだけ。だから、お姉さまがプラムバーンが欲しいなら、必ずお姉さまのものになるよう何でもやるつもりよ」

でも、ヘンリエッタが欲しいものはもうプラムバーンではない。確かに、居心地のよい部屋や、親しみのある絵にずっと囲まれていたいとは思うけれど、そうしたものはたんなる物や思い出の品であり、もう愛情を返してはくれない。サイモンが一緒でなければ……遠い過去を思い出すものでしかないのだ。

「あなたがしてくれたことはありがたいと思うわ。でも、プラムバーンはもう――」

「お姉さま、感謝してくれるのは、伯爵から結婚を申し込まれたあとでいいわ。侯爵より先だといいのだけれど」

「侯爵？」ヘンリエッタは顔をしかめた。「どういう意味？」

セアラは目をむいて天を仰いだ。「もう、お姉さまったら。アルビーナは不服なようだけど、侯爵は明らかにお姉さまを気に入っているわ。それどころか、お姉さまに夢中で、サリーの大きなお屋敷を差し出そうとしているみたい。でも、お姉さまが欲しいのはプラムバーンでしょうから、侯爵がどんなに熱心でも、お姉さまへの求愛を応援するつもりはないけれど」

ヘンリエッタは目をしばたたいた。「何ですって？」

「サターフィールド侯爵よ。彼はお姉さまに結婚を申し込もうとしているの」

何というばかげた話なのだろう。確かにサターフィールド侯爵は自分に関心を示していたけれど、噂どおりの遊び人なのだろうと考えていた。本気で自分を侯爵夫人にするつもりではないだろうと。サターフィールド侯爵に結婚する気はなく、彼の目的は跡継ぎをつくることではなく肉欲だと言われていたから。

ヘンリエッタは勢いよく首をふった。「あの方は放蕩者よ。それにもし誰かと一緒になるつもりなら、相手はアルビーナよ。あの子が何度もそう言っていたもの」

「たぶん、アルビーナの頭のなかではね。でも、サターフィールド侯爵がお姉さまに関心があるのは一目瞭然よ」

「それなら礼儀正しく、きっぱりお断りしなくちゃ。誤解させるようなつもりはなかったの」

「お姉さまがそんな真似をしたとは思わないけど、ミス・サクストンはアマースト伯爵はぜったいに自分に結婚を申し込むと信じているようだから――」

「あなたも聞いていたの？」

セアラの顔に同情が浮かんだ。「ええ。ついさっき。でも、まだ勝負はついていないわ。アマースト伯爵はまだ誰にも求婚していないのだから。でも、もし伯爵に選ばれなければ、サターフィールド侯爵という選択肢もあるのよ、お姉さま」

「ほかの選択肢なんて考えるつもりはないし、そんな話はアルビーナに聞かせないで。

わたしはサターフィールド侯爵を探して、こっそり話を収めてくるわ。サターフィールド侯爵がみんなのまえで求婚の意思表示をするつもりなら、恥をかかせたくないから」

ヘンリエッタは足首までドレスの裾を持ちあげると、サターフィールド侯爵だけでなく、サイモンをも見つけるために階段を急いでのぼった。サイモンが求婚する意思を発表するつもりなら、相手が誰なのか知りたかった。

12

サイモンはベストのポケットからハンカチを出すと、額の汗を拭った。四角いリネンは午後にかいた汗を吸い取って、すっかり湿っていた。するとサターフィールドも枝が不規則に広がっている木の陰にやってきて、柄杓《ひしゃく》で水を飲んだ。

「あと数本、梁《はり》を入れれば、壁の補強は完成だろう」サイモンはハンカチをたたんでポケットにしまった。

サターフィールドは柄杓をサイモンに渡し、手の甲で口を拭った。「ああ。あと数本梁を入れたら、ぼくは仰向けに倒れる。死ぬほど疲れた。地元の人間に身体をもんでもらいたいくらいだ」ふたりが作業を手伝っている小作人の家の、胸が大きくて器量のよい娘を見て言った。十五歳くらいだろう。娘はサターフィールドの熱い視線に気づいて、真っ赤になった。

サイモンはサターフィールドの脱線が今回はヘンリエッタではないことに感謝して、

大笑いした。「夕食の席に着いて、消費した栄養を取り戻す力くらいは残っているだろうな」

「もちろんだ。きみの屋敷の料理人はうちのポルクレイヴ・ヒースよりうまい料理を出してくれるから、なおさらだ。プラムバーンを発つとき、あの料理人をさらっていきたいよ」

サターフィールドがさらっていきたいのが料理人だけならかまわない。料理人が厨房からよだれが出るようなパイやシチューを出してくれなくても生きていける。だが、ヘンリエッタなしでは生きていけない。

サイモンはヘンリエッタの魅力に――その美貌と快活な性格に夢中になっていた。妻にしたいと考える女性で、こんなにも思いやりがあり、献身的で、面倒見のいい女性に出会ったのは初めてだった。

サイモンはモスリンのシャツの袖をまくりあげた。小作人の家の石壁を直して、何時間も肉体労働をしたせいで、シャツはすっかりだらしなく乱れている。作業をして気を紛らわせることができたのはありがたかったが、すぐにでもヘンリエッタのもとへ戻って、求婚の意思表示をしたかった。

だが、小作人への義理を果たすのが先だ。そして次がヘンリエッタの母親だ。耳の奥で脈拍が激しく打ちはじめた。ヘンリエッタの母親は自分との結婚を祝福してくれるだろうが、それでもやはり不安だった。ヘンリエッタがいくら自分と屋敷に魅力を感じていても、その母親はどうだかわからない。親戚で資産があっても、あまりにも過去の醜聞がひどく家名が汚れるという理由で、娘との結婚を断られたらどうすればいい？

「料理人がつくった夕食をたらふく食うつもりなら、もうこのへんで切りあげたほうがいいな」サイモンは材木の山と、そちらへ歩いていく肩幅の広い小作人のほうをあごで示した。

サターフィールドはハンカチを取りだして額を拭った。「ごちそうは逃したくないからな……食べ物でも、ほかのものでも」サイモンを見て、茶目っ気たっぷりに微笑んだ。「アマースト、花嫁選びについてはよく考えたのか？」

「ああ」サイモンはそっけなく答えた。

「それで?」サターフィールドは答えを促した。

「求婚したあとに発表するよ」

サターフィールドは警戒するような目でサイモンを見た。「できるだけ早くしたほうがいい。今朝の新聞にもよいことは書いていなかった」

「ほう?」今朝、サイモンには新聞を読む時間がなかった。ヘンリエッタに夢中になっていたせいで、自室に戻るとすぐに従者が入ってきて、小作人が手伝いを求めていると伝えにきたのだ。

「これだけきみの無実を訴えても、上流階級の連中は信じようとしないんだからな」

数日まえであれば、こんな話を聞いたら不安になっていただろう。だが、きょうは上流階級の人々が過去についてどう考えようが気にならなかった。ただひとりの女性が、自分との現在と未来について考えてくれるかぎり。

「だが、ひとりいるぞ」サターフィールドは話しつづけた。「上流階級の厳しい非難に声高に異議を唱えているひとが」

「誰なんだい?」サターフィールドとミスター・リヴィングストンを除けば味方はな

く、議会でも自らの名前に泥を塗る危険を冒してまで、サイモンをかばってくれるひとはいない。

「ロチェスター子爵だ」

サイモンは目を険しく細めた。「ミス・サクストンの父親か」

「そのとおり。彼はきみを擁護している」

「代償を払えということか」

「アマースト、彼は強力な味方だ。ロチェスター子爵を軽視してはいけないことは、ぼくでも知っている。経済的な面で少し不運な目にあったことは、あっさり見逃すべきだということもね」

「彼の娘と結婚すれば、上流社会の好意を買い戻せると言うのか」

「ああ。ミス・サクストンは少し地味かもしれないが、決して器量が悪いわけではない。もっとひどい結婚生活だってあるんだぞ、アマースト」

「もっとすばらしい結婚生活だって送れるはずだ」自分はもっとすばらしい結婚生活を送るのだ。ヘンリエッタとともに。

「まだレディ・ヘンリエッタのことを考えているなんて言わないでくれよ。きのうの夕食のときだって、彼女は言葉につまっていたじゃないか」

「緊張しているとそうなるんだ」サイモンはヘンリエッタをかばった。

「スプーンの使い方もへただ。母上がナプキンでしみを隠そうとしていたが、モスリンのドレスにはまだクリームソースのしみがついていた。レディ・ヘンリエッタにはしっかりした結婚相手が必要だ。それに礼儀作法を磨いてくれる教師も」

「喜んでどちらにもなるつもりだ」

サターフィールドはハンカチをポケットに突っこんだ。「アマースト、きみみたいな評判の悪い男には社交界の落ちこぼれと結婚する余裕はない。きちんとした後ろ盾がいれば、社交界は垢抜けない女性でも見逃してくれるだろうし、ずっとまえに伯爵の愛人が死んだことも忘れてくれるかもしれない。でも、どちらも見逃すほど寛容ではない」

「伯爵さま」

やわらかな声がして、サイモンは顔をあげた。小作人の娘が顔を真っ赤に染め、身体のまえで両手をきつく握りしめてふたりのまえに立っていた。「父さんがおふたりはきょうはもうお帰りになるのか、それとも母さんがつくったミンスパイを召しあがってくださるのかと訊いています。焼きたてのほかほかで、おいしいですよ」

サイモンは娘に微笑んでうなずいた。「それはうまそうだ。喜んでごちそうになるとお母さんに伝えてくれ」アマースト伯爵として、農場の領主として、小作人とは親しくなっておいたほうがいい。社交界での評判だけでなく、領地に住んでいる人々のあいだでの評判の修復も必要なのだ。

娘はにっこり笑うと、期待をこめた目でサターフィールドを見た。「侯爵さまはいかがですか？　一緒に召し上がりますか？」

「あいにく、すませなければならない用事があるんだ。申し訳ない」サターフィールドは堅苦しくお辞儀をした。

娘の顔から笑みが消え、期待にあふれていた目を伏せた。「それじゃあ、母さんに伝えてきます」娘はお辞儀をして家に戻っていった。

「アマースト」サターフィールドはもう一度お辞儀をした。「きょうも楽しかったが、ぼくは少しくたびれてしまった。また夜のお楽しみで顔をあわせるまでに少し昼寝をしたほうがよさそうだ」

夜のお楽しみ……確かにそうだ。ヘンリエッタと魅惑的なドレスがボタンをはずされるのを待っている。感謝のしるしとして、小作人においしい食事をごちそうになったあとで。

朝早いうちに、ヘンリエッタは急いでふたりに会いにいったものの、サターフィールド侯爵とサイモンは小作人の手伝いに行って、夕食まで戻らないと聞かされた。

そこでヘンリエッタは、満足気に微笑むミス・サクストンに、思いきり叫び声をあげたくなる誘惑に負けないよう厨房のアルコーヴにこもった。

慣れ親しんだ乾燥ハーブの落ち着く香りに囲まれていると、不安でいっぱいになっていた頭が少しは落ち着いた。それに、気を紛らわすこともできた。まだ保管場所に残っていたハーブと、今朝早く摘んできたハーブがあれば膏薬《こうやく》がつくれる——運がよければ、これでサイモンの頭痛だけでなく、傷痕も治せるかもしれない。

それは間違いなく、ヘンリエッタにとって最も大がかりで――いまだに望みどおりの結果が得られていない試みだった。膏薬はヘンリエッタがよく使っている鎮静効果のあるハーブとちがい、間違った配合で運悪くさわってしまうと、必ず小さなミミズ腫れができてしまう刺激的なものだった。しかしながら、その運の悪さはありがたくもあった。なぜなら膏薬の調合があっという間にできてしまったら、アルコーヴにいる口実がなくなり、母の涙や妹たちの同情的な目から逃れられなくなってしまうから。妹たちにアマースト伯爵の気を引けなかったと思われていることと、伯爵の妻に選ばれたというミス・サクストンの言葉を妹たちが信じていることのうち、自分がどちらにいら立っているのか、ヘンリエッタ自身にもわからなかった。

それでも、軽率な行動を取ったことを打ち明け、夜明けまえにアマースト伯爵から自分に関心を抱いていると告げられたことを認めなければ、母と妹たちにミス・サクストンは勘ちがいをしているのだと納得させることはできない。

ヘンリエッタが片方のてのひらをテーブルに打ちつけると、いら立ちとともに埃が舞いあがった。ヘンリエッタは細かい塵を払いながら、調合について走り書きした紙に目をやったが、読んだところで無駄だった。少なくとも十回は最後の数行を読み返したのに、どうしても思い出せないのだ。頭にはまたサイモンとサターフィールド侯爵のことが浮かんできた。ヘンリエッタは頭にサイモンが浮かぶと口もとに笑みを浮かべ、サターフィールド侯爵が浮かぶと、思わず顔をしかめた。

サターフィールド侯爵がどうして自分のふるまいを見て、求愛を促していると思ったのか、あるいはどんな方法であれ、彼の伴侶となることに興味を抱いていると思ったのか、どうしても理解できなかった。これ以上の誤解を生まないように、できるだけ早くサターフィールド侯爵と話をして、サイモンが好きなのだと伝えなければ。

「レディ・ヘンリエッタ？」

ヘンリエッタは胸を高鳴らせてふり向いた。「サターフィールド侯爵？」

こんなところで何をしているのだろう？　それも、こんな時間に。

もちろん、サターフィールド侯爵に好意を示すのをやめてもらうにはここにいてくれたほうが好都合なのだけれど、きょうは一日の大半を膏薬づくりに費やしてしまった——だから、具体的には何と言うか考えていなかったのだ。

　ヘンリエッタはほつれた髪を耳にかけて、ドレスのしわを伸ばした。いま、自分はどんなふうに見えるのだろう？　手には包帯を雑に巻いてあるし、ドレスを汚さないように着けている前掛けにはしみがたくさん付いている。サターフィールド侯爵に好かれたいとは思わないけれど、うろたえていると思われたらいやだし、ハーブに酔っていると思われたら最悪だ。

「やっと会えた。探すのがたいへんでしたよ。屋敷じゅうの部屋を見てまわらなければならなかった」

「まあ」ヘンリエッタの声は期待していたよりはるかにあわてていた。「その、ここへはよくくるんです……考えごとをしたいときに」

「考えごと？」サターフィールドは眉を吊りあげた。

　ああ、もう。どうして、言わなくてもいいことを言ってしまうのだろう。

「ぼくに何か訊きたいことがあるらしいと耳にしたので」サターフィールドは好奇心を露わにしてヘンリエッタを見つめた。サターフィールド侯爵はサイモンよりさらに背が高く、戸口をふさぐようにして、グレーの目でヘンリエッタをじっと見つめている。

ヘンリエッタは胃がひっくり返りそうだった。

「ええ」ヘンリエッタはできるだけ厳粛な声を出した。「だいじなお話をしたくて」

「ぼくもです」サターフィールドはアルコーヴに入ってくると、せまい部屋のなかを歩いてきて大きな手でヘンリエッタの手を握った。

ヘンリエッタは息を呑み、急に舌が重くなった。だめ。いまは話せなくなっている場合じゃない。

「あなたの手。けがをしている」サターフィールドは親指で包帯をやさしくなでた。

ヘンリエッタの顔から目を離して、てのひらと指を交差して包んでいる包帯をじっと見つめている。

「わ、わ、わたしは――」

「手助けが必要ですか？　医者を呼びましょうか？　まだ敷地内にいるはずです。ミス・サクストンの治療で――」

「ありがとうございます。で、で、でもお医者さまに診ていただく必要はありません。

自分で治せますから」

サターフィールドは心配そうにヘンリエッタを見た。「レディ・ヘンリエッタ――」

「今朝はアマースト伯爵とお話になりました？」ヘンリエッタはサターフィールドに握られていた手をもとに戻した。

サターフィールドは太い眉を真ん中に寄せた。「ええ、話しました」

「それで？」

「とても元気で、潑剌としていましたよ。それどころか、久しぶりにとても陽気でした」

ヘンリエッタは頰のほてりを消したくて、唾を飲みこんだ。「夜の計画について何かおっしゃっていましたか？」

「ええ」

「アマースト伯爵の選択については賛成ですか？」

「魚でなく豚肉ということですか？　いいえ。今朝釣りあげた魚を小作人にやってしまったときには腹が立ちましたが、あなたやぼくより、小作人のほうが魚が必要でしょうからね」

「はい？　ええ、まあ」ヘンリエッタはあわてて答えた。

「心配いりませんよ」サターフィールドは両手でヘンリエッタの手首をつかんだ。

「明日、また釣りあげますから」

「ちがいます。わ、わ、わたしが――」ヘンリエッタは言いたい言葉がきちんと出てくるように唾を飲みこんだ。「勘ちがいなさっています。わ、わ、わたしが知りたいのはアマースト伯爵が花嫁を選んだのかどうかです」

「サターフィールドは口角をあげてにっこり笑った。「ああ、選んだようですよ。今夜、夕食のときに発表すると言っていましたが、伯爵夫人に誰を選んだのかは知らないふりをしなければならないようです」

「そんなにあからさまですか？」ヘンリエッタは前夜のことを思い出して全身が熱くなった。肌に触れたサイモンの手や唇を思い出したのだ。

「ええ、そうですね」サターフィールドは小さく笑った。「いい選択だと思います。ミス・サクストンはすばらしい奥方になるでしょう――体調が回復してからということでしょうが。じつは今朝、ミス・サクストンから聞いていたのです。アマースト伯爵は近々求婚の意思を表明する予定で、彼女自身の体調もかなりよくなっていると。今夜の夕食にはミス・サクストンも出席するでしょう。ぼくの全財産を賭けてもいい」アルコーヴがぐるぐると回転し、ついさっきまでたっぷりあった空気が急に薄くなった。

「レディ・ヘンリエッタ？　ご気分でも悪いのですか？」サターフィールドはヘンリエッタを椅子にすわらせた。「ひどい顔色だ」

きっと聞きちがいだ。どういうわけか、誤解が生じているのだ。ヘンリエッタは椅子につかまったが、腰はおろさなかった。サターフィールドの言葉を理解するのに忙しく、手足を休めることまで頭がまわらなかったのだ。

「アマースト伯爵は……わたしは……」

サターフィールドは言葉が出てくるのを待ったが、ヘンリエッタの舌は動かなかった。ヘンリエッタは視線を床に落とした。

サターフィールドは声をひそめて言った。「アマーストはまえに会ったときと、だいぶ変わりました。社交界に復帰したいと願わなければ、このパーティー自体開かなかったでしょう。でも、ぼくはアマーストがパーティーを開いてくれたことに感謝しています。このパーティーがなければ、あなたと知りあわなかっただろうから」サターフィールドはヘンリエッタの手に自らの手を重ねた。

ヘンリエッタはサターフィールドの手から顔へと視線を移した。「サターフィールド侯爵、わ、わ、わたしは――」

サターフィールドは顔を近づけて、ヘンリエッタの唇にキスをした。

ヘンリエッタは息を呑んだが、唇を奪われているせいで抗えなかった。身をよじり、両手でサターフィールドの胸を押して突き放した。

「サターフィールド侯爵」心臓が勢いよく鼓動を打つなか、ヘンリエッタは非難するように小声で言った。「思いこみにもほどがあります」

「どうしてでしょう」サターフィールドは額にしわを寄せた。「ぼくの思いをご存知だと思っていましたが」

「し、し、知っていましたけど、妹のセアラに聞いたからです」

「それなら、不服はないでしょう。ぼくは侯爵で、あなたは伯爵令嬢だ。ちょうどいい縁組だと思いますよ。ほかの男性が現れるのを待つ必要はない」

「いいえ、わ、わ、わたしは――」ヘンリエッタはサターフィールドの気をそらす何かが、何でもいいから欲しかった。「プラムバーンが欲しいんです」ヘンリエッタはそう断言したが、嘘だった。もうプラムバーンが与えてくれる安心感も心地よさも必要ない。サイモンの力強さ、並はずれた存在感、高潔さ、過去の悲劇を目のあたりにして、プラムバーンの重要性は消え失せてしまった。ヘンリエッタが何よりも求めているのはサイモンだった。屋敷を誰かに奪われることより、ミス・サクストンにサイモンを盗られるほうが辛いのだ。

サターフィールドは片方の眉を吊りあげた。「あなたはプラムバーンが欲しいのですか？」

「当然です。ここは父の屋敷ですし、アマースト伯爵家が代々所有してきた家ですから」

「ええ。でも、ポルクレイヴ・ヒースも悪くない屋敷ですよ」

「も、も、もちろんです。多くの方がポルクレイヴのすばらしさを賞賛しています。でも、わたしの家族の屋敷ではありませんから」

「ぼくとの結婚が不服なのは、それだけが理由ですか？」サターフィールドは尋ねた。「プラムバーンとの結びつきが理由？　アマーストとぼくは今後も付きあっていくと思います。ご家族のものだったお屋敷を訪ねたければ、彼がうまく取り計らってくれるでしょう。あなたが得られないものなんてありません」

でも、幸せは得られない。夫としてのサイモンも。「とても寛大なお申し出ですけれど、お受けできません」

「何か気に障るようなことをしたでしょうか？」

「いいえ」ヘンリエッタは後ずさって、木の椅子のはしをつかんだ。

「それならなぜ、断るのです？」

前夜のことを打ち明けるわけにはいかない。そんなことをしたら自分自身の評判に傷がつくだけでなく、サイモンにも傷をつけてしまう。社交界に広まっている嘘に加えて、先代伯爵の令嬢の純潔を奪ったと言われて。そんなことはできない。

ヘンリエッタは止めていた息を吐きだした。「サターフィールド卿、なぜわたしと結婚したいと思うのですか？」

サターフィールドの顔が活気づいた。「レディ・ヘンリエッタ、先ほども申しあげたとおり、あなたとぼくはとてもすばらしい縁組だ」

「でも、それなら妹たちも同じでしょう。ふたりとも伯爵の娘です」

「ええ、でも――」

「それに賢いし、きれいです」

「ええ。でも、あなたの美しさには――」

「夫婦として堅い絆をつくるには、それだけではたりません。美貌は衰えます。でも、わたしの性格は変わらない」

サターフィールドは微笑んだ。「そのとおり。レディ・ヘンリエッタ、だからこそ、あなたと結婚の約束をしたいのです」

サターフィールドはヘンリエッタに近づいた。ヘンリエッタは防護壁のようにラヴェンダーを胸のまえで持った。何とか道理をわきまえてもらい、理解してもらわなければ。

「たいへん光栄ですけれど、わたしの心はもうほかの方のものなのです」

サターフィールドが足を止め、首をかしげた。「ほかの方？」

「アマースト伯爵が――」

ヘンリエッタの告白はサターフィールドの低い笑い声にさえぎられた。「アマーストか」ぜいぜいと喘ぎながら続けた。「レディ・ヘンリエッタ、アマーストは親しい友人ですから、ぼくの言うことを信用してください。アマーストは誰かの愛情を受け入れるような男ではない。とくに、あなたのように……」

「わたしのように？」ヘンリエッタは先を促した。心臓が激しく打っている。自分はどんな女性だというの？

「アマーストと同じくらい個性的な女性です」サターフィールドは声をひそめた。

「アマーストには雄弁で、力強い女性が必要なんです……話し方も存在感も」

ヘンリエッタの手から力が抜け、持っていたラヴェンダーが床に落ちた。「吃音のことをおっしゃっているのですか？」

サターフィールドの頬がかすかに赤くなった。「とても愛おしい障害です」

「でも、障害には変わりません」ヘンリエッタは目を閉じ、サイモンがヘンリエッタの話し方に欠陥があることに気づかなかったと請けあっていたことを思い出した。

それでも……サターフィールド侯爵の話には説得力がある。

「ぼくの場合は侯爵夫人が話し上手である必要はありません」サターフィールドは続けた。「社交界で高い評判を得ていますから、妻の後押しは必要ない」ヘンリエッタの腕に両手をそっと置いた。

「アマースト伯爵は他人に何を言われても気にしません」ヘンリエッタは小声で言ったが、その言葉は自分が聞いても説得力がなかった。結局、サイモンは眼帯をつけた。苦痛をもたらす眼帯を。他人にどう思われても気にならなかったら、眼帯をつけたりするだろうか？

「レディ・ヘンリエッタ、彼はアマースト伯爵なのです。もう一度やり直して〝黒伯爵〟に関する古い噂を消したいと願っている。アマーストは間違いなく、社交界の考えを非常に気にしています。とりわけ自分に関することは」

ヘンリエッタは下唇をかんだ。サターフィールド侯爵の言っていることはつまらないけれど、本当だ。アマースト伯爵の評判は、才能があって気楽に会話ができる女性と結婚したほうが、自分と一緒にいるより飛躍的によくなるだろう。自分の話し方はぎこちなく、ふるまい方も決して洗練されていないことは……有名だ。

浮足立っていたせいで、自分のことばかり考えて、サイモンにとって、そして妹たちの将来にとって、何が最善かを見過ごしていたのだろうか？

ヘンリエッタは身震いし、視線を床に落とした。こんなに欠点のある自分でも、過去を消せる土台をつくってあげられるだろうか？　社交界は伯爵の罪は忘れてくれるかもしれないけれど、いまの自分の失敗や――本や植物に対する〝珍しい〟関心を――同じように許してはくれないだろう。

「レディ・ヘンリエッタ、心配いりません」サターフィールドはささやいた。「あなたがどんな失敗をしても、言葉がうまく話せなくても、完璧なぼくの評判があれば、いくらでも埋めあわせができます。ミス・サクストンがアマースト伯爵の……決して完璧とは言えない過去を補えるように。あなたもアマーストも社交界に受け入れられるんです」

「でも、アマースト伯爵は――」ヘンリエッタはなおも言った。「わたしたちは……」ヘンリエッタは唾を飲みこみ、頬を赤く染めた。きっとトマトのように赤くなっているにちがいない。

サターフィールドはヘンリエッタを見つめ、答えを待った。

確かに、サイモンは将来に関する約束は何もしなかったし、ヘンリエッタがその身を捧げたあと、正式に求婚の意思を示してもいない。一夜をともにしたあと、サイモンは求婚してくれるものだと思いこんでいたけれど、彼は何も確かな言葉を口にしていない。

もしアマースト伯爵の名を以前のように高めるために傷ひとつない評判が必要なら、ヘンリエッタにできるのは、サイモンの名をこれ以上醜聞で汚さないことだけだ。サイモンは本来はいいひとなのだから。とてもすばらしい男性なのだから。

どんな名声にもふさわしい。

でも、アルビーナだってそうだ。そしてアルビーナの心は自分を見つめつづけている男性に向いている。

ヘンリエッタはサタフィールドの手をふり払い、椅子の背をつかんだ。「申し訳ありません。でも、結婚はお断りいたします」

サターフィールドは唇を固く結び、関節が白くなるまで強く椅子をつかんでいるヘンリエッタの手を見つめた。「レディ・ヘンリエッタ」

「サターフィールド卿、あなたとは結婚できません。そんなことは公正ではありません――どちらにとっても」

「それでも、考え直してほしい」

「む、む、無理です」

ヘンリエッタは目に涙を浮かべながら、サターフィールド侯爵のまえを通りすぎてアルコーヴから出ていった。

13

大きなバラの茂みのまえを通りすぎ、やわらかい革の手袋に棘が刺さっても、サイモンはほとんど痛みを感じなかった。そして丹念に手入れをされたハーブ園に目をやると、毒などなさそうに見える草花がそよ風に揺れていた。お腹をすかせた鳥たちが何羽か飛んでいるのを除けば、ハーブ園はがらんとしていて、サイモンが誰よりも会いたいひともいなかった。ここにいると思ったのだが。彼女はたいていここで、愛する植物に囲まれて――。

そうか。アルコーヴだ。ここにいないのであれば、アルコーヴでハーブを調合しているのだろう。

サイモンは小さく笑うと、厨房の入口へ向かいながら、ヘンリエッタ以外の女性との結婚を勧めるサターフィールドのとっぴな考えを思い出して、ほくそ笑みそうになった。なるほど、ミス・サクストンか。だが、昨夜ヘンリエッタの寝室に入った瞬間に、サイモンは彼女と結婚することを誓った。自分は信義を守る男であり、彼女に夢中になっている男なのだ。

サイモンはヘンリエッタの笑い声や、微笑みや、シルクのような黒髪のことしか考えられなかった。小さな手で自分の心を支えてくれた女性に夢中で、すっかり虜になっている。

サイモンは厨房のドアを開けると、すばやく角をまがってヘンリエッタの小さなアルコーヴに入った。彼女はサイモンに背を向け、ひじをまげて、大理石の乳鉢で乳棒を動かしている。

「ヘンリエッタ」彼女の名前を呼んだ瞬間に、記憶が甦った。腕のなかで悦びの吐息をもらしていた彼女の姿が。

「伯爵さま」背を向けていた彼女がふり返り、重い乳棒を落として、両手をうしろに隠した。サイモンが現れたことに驚いている、上を向いた鼻と薄茶色の目をしている女性はヘンリエッタではなく、妹のレディ・セアラだった。「こちらにいらっしゃるとは思わなかったものですから」レディ・セアラは立っていた場所から横にずれ、テーブルにのっているものを隠した。

正直に言えば、ヘンリエッタのふたりの妹については、姉のように吃音でもないが、並はずれた美貌の持ち主でもないということ以外、ほとんど知らなかった。だから、植物の研究という珍しいものを妹も趣味にしているとは思いもしなかった。

サイモンは彼女をじっと見つめたことで、その目がひどく動揺していることに初めて気がついた。やけに必死に手をうしろにまわしていることにも。

「おじゃまして申し訳ありません。驚かすつもりはなかったのです。お姉さまのレディ・ヘンリエッタを探しているのですが。見かけませんでしたか？」

レディ・セアラは緊張が少し解けたらしく、胸の位置がわずかに下がった。「今朝会ったきりです」

「どこにいらっしゃるか、わかりませんか？」サイモンは少しずつなかに入り、できるかぎりさりげなく彼女の肩越しにテーブルを見た。

レディ・セアラが右にずれた。「もし小作人の家からお帰りになったところでしたら、たぶん姉はサターフィールド侯爵と一緒だと思います。侯爵ととても話したがっていましたから」

サイモンはすばやく顔をあげた。サターフィールドに何の話があるのだ？

いや、それより重要なのは、サターフィールドがヘンリエッタに何を伝えるかだ。

レディ・セアラは少しずつ右側に寄り、午後遅くのやさしい陽ざしのなかへ入った。

彼女の手がつかんだテーブルのはしには陽ざしが集まっており――彼女の素手に赤く醜い発疹ができているのが見えた。

見たところでは、レディ・イザベラの頰と首にできていた発疹とそっくりだ。

姉と興味を抱いているものが同じなら、レディ・セアラもハーブとその使用法についても基本的な知識を持ちあわせているはずだ――よいものについても、悪いものについても……。

「伯爵さま？」レディ・セアラはサイモンの視線を追うと、やけどをしたかのように手を引っこめた。

サイモンの胃が重く沈みこんだ。

「手を痛めているようだ」サイモンが腕をつかもうとすると、セアラは左側に逃げた。

「たまたま、何か失敗してしまったのでしょう」

サイモンがテーブルに目をやると、上にはでたらめに切ったものが散らばり、乳鉢のなかでは怪しげで、鼻につんとくるにおいものがつぶされていた。

サイモンは心臓の鼓動が速くなり、首では脈拍が激しく打った。ああ、どうしてもっと早く見つけなかったのだろう。「たまたま？」

「不器用なんです。姉に似て」

サイモンは首をふった。「たんなる偶然にしては、あなたの手の湿疹とレディ・イザベラの顔に広がっていた湿疹は似すぎている。それはあなたもぼくもわかっていることだ」

サイモンはテーブルから視線をあげて、目を見開いて信じられないという顔で自分を見つめているセアラの目を見た。

レディ・セアラの胸が上下し、狼狽している目がアルコーヴのなかを見まわした。

「おっしゃる意味がわかりません」

サイモンはテーブルにのっていた根を手にして、セアラの顔のまえで掲げた。「これでお茶をつくったことは？　あるいはパーティーの招待客にじわじわと毒を飲ませたことは？」

セアラは唾を飲みこんだ。「もちろん、ありません。そんなことはしないわ」

「レディ・イザベラの顔半分に広がった湿疹を引き起こした薬を調合したことを否定するのですか？」

セアラは自分の手と、乳鉢ですりつぶしたものを順番に見た。「その……誰かを傷つけるつもりはありませんでした」

サイモンは根をテーブルに放って、冷やかな目でセアラを見た。「なるほど。でも、ぼくの無実を疑わせる程度には、彼女たちの体調を悪くした。ぼくの評判を落とすために」

「あなたの名前を傷つけるつもりなんてなかったわ。何といっても、わたしだってアマースト伯爵家の人間なのですから」セアラは首をふり、涙が頬を伝った。「あなたの過去をほじくり返すつもりなんてなかった。ただ……」

「セアラ？　わたしのアルコーヴで何をしているの？」

鳥がさえずるような声がうしろから聞こえて、サイモンは息が止まりそうになった。ふり向くと、ヘンリエッタが入口に立っており、顔には涙が乾いた跡がある。

「アマースト伯爵？」ヘンリエッタが問いかけた。

くそっ。サタフィールドが彼女に何か言ったのだろうか？　サイモンはヘンリエッタを守りたいという衝動が全身にあふれ、思わず手を伸ばしたが、レディ・セアラがまわりこんできて、サイモンが妻にしたいと願う女性のまえに立った。「お姉さまを幸せにしたかっただけなの」セアラが泣きだした。「お姉さまがプラムバーンをすごく欲しがっていたから――」

「プラムバーン？」サイモンは足を止め、ナイフで肉を切り裂かれたような痛みを胸に感じた。サイモンは視線をあげてヘンリエッタを見た。「きみが妹にやらせたのか？　プラムバーンのために」

サイモンは吐き気がするほどのおぞましさを感じながら、ヘンリエッタをじっと見つめた。

「サイモン？　いったい、何の話？」

「レディ・イザベラ、レディ・ジョージアナ、ミス・サクストン……彼女たちの体調不良の件だ。ヘンリエッタ、きみが――」

「わたしが勝手にやったことよ」セアラは机に置いてあったぼろ布を取り、その汚れた布で両手をふいた。「お姉さまはわたしの計画とは何の関わりもありません」

「計画って?」ヘンリエッタはサイモンと妹の顔のあいだで視線を走らせながら訊いた。「いったい、何ごとなの?」

「確かに、ふたりとも、いったい何ごとなんだ?」ヘンリエッタの顔の上から、ばかにするような表情をしたサターフィールドの顔が現れた。「使用人の半分がこっちに向けて耳をそば立てているぞ」

サターフィールド?　不満といら立ちがサイモンのなかで沸き起こった。「きみこそ、レディ・ヘンリエッタのアルコーヴで何をしているんだ?」

「もちろん、レディ・ヘンリエッタを探していたのさ。きみはどうしてミス・サクストンとお茶を飲んでいないんだ?」

「レディ・ヘンリエッタを探していたというのはどういう意味だ?」サイモンはささ

やくような声で訊いた。「サターフィールド、いったい何をした？　彼女に何を言ったんだ？」

「本当のことだけさ」

「おい」

「きみも知ってのとおり、花嫁にはミス・サクストンがふさわしい。それに、ぼくの評判のほうがアマースト伯爵家のご令嬢たちの醜聞隠しには役に立つ」サターフィールドはヘンリエッタのほうを見て続けた。「レディ・ヘンリエッタ、ぼくに対するためらいより、ご家族にとって必要なことを、つまり妹さんたちとアマーストの両方にとって必要なことを優先して、ぼくの妻になってください」

何ということだ。サターフィールドは結婚を申し込んでいるのだ。自分の目のまえで。この腕で裸の身体を抱いてからまだ二十四時間たっていない女性に対して。ありえない。ひどい悪夢を見ているのではないだろうか……。

「ずいぶんと寛大な求婚だわ」隣でレディ・セアラがつぶやいた。「サターフィールド卿、きっと姉もよく考えると思います」

ヘンリエッタがサイモンを見あげると、その目は悲しみであふれていた。「ごめんなさい」ヘンリエッタは言葉につまった。

嘘だろう。膝から力が抜け、目のまえでアルコーヴがぐるぐる回転した。耳がきちんと聞こえない。

「サターフィールド卿の言うことは正しいわ」ヘンリエッタは虚ろな声で続けた。「ミス・サクストンならきっと立派な伯爵夫人になります」

サイモンは首をふった。「ミス・サクストンはぼくが結婚したい女性では――」

ヘンリエッタが口をはさんだ。「サターフィールド卿がおっしゃったように、彼のお名前のほうがこの醜聞を切り抜けられる。わたしのためにしたこととはいえ、妹がしたことでアマースト伯爵家の名前に傷がつくでしょう。でも、妹にはその責任が取れない。サイモン、あなたはもう過去の件で重荷を背負っているでしょう。この件まで、セアラが見当ちがいで毒を盛ったことまで背負ってしまったら……あなたの名前にもっと傷がついてしまう」

サイモンは心臓が腹の底まで落ち、衝撃のあまり身体が麻痺しているように感じた。

「ミス・サクストンと結婚しろと言っているのか？」耳に入ってくる言葉が信じられずに訊いた。

ヘンリエッタは短くうなずいた。「ええ」

「でも――」

ヘンリエッタは感情が何も浮かんでいない顔で、片手をあげた。「ミス・サクストンを選ぶほうがいいのよ」

「ヘンリエッタ――」

「わ、わ、わたしはプラムバーンが欲しかっただけ」

プラムバーン？　すべてプラムバーンのためだったのか？　こっそり見つめてきたり、腕のなかで満足そうに吐息をもらしたり……傷痕をさわったときも、やさしいふりをしただけなのか……？　すべては屋敷のため？　彼女も結局はアンのように卑劣で、弟のように強欲なのか？

レディ・セアラは否定したが、ヘンリエッタは最初から花嫁選びの競争相手に毒を盛るつもりだったのだろうか？

ヘンリエッタは自分より屋敷が欲しいと白状したではないか……。

ああ、息をすることもできない。サターフィールドの大きな手がサイモンの肩をつかんだ。「アマースト、なりゆきにまかせるのが、きみたちふたりにとって最善なんだ。ミス・サクストンの完璧な評判があれば、この小さな試練だって乗り越えられるし、彼女の父親が上流階級の人々の頭からきみの奇妙なあだ名を消してくれるだろう。何もかも。あるべき姿になるんだ」

サイモンは両手に顔をうずめた。考える時間が、騒がしいサターフィールドの声を消して、いま起きていることをきちんと整理する時間が必要だった。

「ええ」ヘンリエッタがくり返した。「すべて、あるべき姿になるのよ」衣ずれの音が聞こえてサイモンが顔をあげると、ヘンリエッタがサターフィールドのうしろでアルコーヴのドアから出ていくところだった。

だめだ。止めなければ。彼女に真実を語らせるんだ。「ヘンリエッタ」サイモンは叫んだつもりだったが、出てきたのはかすれた声だけだった。

「行かせてやるんだ、アマースト」サターフィールドが肩をつかんだ。「これが最善の策なんだ」

もしも最善の策が、サイモンの世界を粉々にすることであれば。「彼女を愛しているんだ」言葉が勝手にこぼれ落ち、肩から力が抜けた。ヘンリエッタを愛しているんだ。彼女のすべてを……。

「アマースト、まさか本気じゃないだろうな。きみの評判はどうするんだ？　きみの弟のことは？」

「それがどうした？」サイモンは言い返した。

「社交界に戻りたいんだろう？　彼女を妻にしたら、すべてが水の泡だぞ」

「社交界なんてどうでもいい」サイモンはサターフィールドの手をふり払った。ヘンリエッタが隣にいないなら、社交界なんて意味がない。ヘンリエッタと話さなければ。最後にもう一度、自分よりこの屋敷を愛しているのかと尋ねなければ……。

「アマースト、きみは頭が混乱しているんだ。現実ではなく、可能性に酔っているだけだ。まともな考えじゃない」

「ここから失せろ、サターフィールド。ぼくはまともだ。きみが友人を裏切って、ぼくが妻にしたいと望んでいる女性に求婚したことをちゃんとわかっているからな」

サターフィールドは鼻を鳴らした。「きみをきみ自身から救うためだ。アマースト、ぼくはきみの友人だ。落ち着いて、よく考えろ」

「きみがぼくの考えに口をはさむから、考えられないんだ」

「それはきみを破滅させる考えだからな。確かに、レディ・ヘンリエッタに惹かれているのは認めるが、結婚を申し込んだのはきみを守り、彼女を救うためだ。ぼくが結婚を申し込んだことで、きみたちふたりが助かるんだ」

「ご主人さま」

サイモンは顔をあげた。丸々と太った料理人が廊下に立ち、サターフィールドのうしろでも見えるようにスプーンをふっている。「今度はレディ・アルビーナです。倒れたそうです。熱があるみたいで」アルコーヴの隅から小さく息を呑む音が聞こえた。サイモンがふり返ると、レディ・セアラが片手で口を覆い、目を大きく見開いていた。しまった。

レディ・セアラがいるのを忘れていた。

「ヘンリエッタを探すんだ」サイモンはレディ・セアラに言った。彼女はゆっくりうなずいた。そして口から両手を離して、アルコーヴから出ていった。

「レディ・アルビーナはどうしましょう？」料理人が訊いた。

「彼女のところへ案内してくれ」

「アマースト」サターフィールドが口を開いたが、サイモンは彼の手をふり払い、文句には耳を貸さなかった。

14

がたついている使用人用の階段をヘンリエッタが駆けあがり、セアラも急いでついていくと、アルビーナの寝室へ続く廊下でふたりの靴音が響いた。

「アルビーナが倒れてからどのくらいたつの？」ヘンリエッタが訊いた。

「それほどたってないはずよ。アマースト伯爵にお姉さまを探すよう命じられてすぐにきたから」

「伯爵はアルビーナの具合が悪いことを知っているの？」

「もちろん。伯爵がまだアルコーヴにいるときに、料理人が知らせにきたから。お姉さまを探すよう彼に命令されたのよ」

ヘンリエッタは飛び出している釘にドレスを引っかけないよう足取りをゆるめた。サイモンは顔をあわせなくてすむようセアラに自分を探させたにちがいない。会って気まずい思いをしないように。自分がアルコーヴを出るときも、サイモンは結局何も否定せず、黙っていたことで、ミス・サクストンのほうが妻にふさわしいと認めた。どんなふうに会っても、せいぜい気づまりになるだけだ。とりわけ……。

「熱があると料理人から聞かなければ、大げさに倒れたのはサターフィールド卿の気を引けなかったせいだと思ったでしょうけど——」

「アルビーナに話したの？」ヘンリエッタは小声で訊き、吹き抜けのドアのまえで足を止めてセアラをにらみつけた。

「サターフィールド卿がわたしを気に入っているってこと？　それとも、求婚のこと？」

「わたしたちは見かけは似ていないけど、双子なのよ、お姉さま。あの子には隠しておけないことがあるの」

ヘンリエッタはドアを開けて廊下を通り、絨毯の上を急ぎながらため息をついた。サイモンはもう自分のものではないのだと考えるだけでも辛いのに、自分が相手をその気にさせたのでもなければ、求婚してほしいとさえ思っていなかったひとから結婚を申し込まれたことで、妹が悲しんでいるのだと思うと、なおさら辛かった。

ヘンリエッタはアルビーナの部屋に着くと、掛け金をあげた。カーテンはひとつ残らず閉められ、厚い布地が午後遅くの太陽をさえぎっている。母は部屋の隅に腰かけ、ふたりがドアから入っていくと顔をあげた。そして手をふって、奥まで入ってくるよう合図した。

部屋は暗かったが、まったく光がないわけではなく、ヘンリエッタは無事にベッドのそばまでたどりつけた。

「何も口にしないの」母が小声で言った。口のまわりにしわが寄っており、心配が伝わってくる。

ヘンリエッタはうなずき、下唇をかんで、そっとベッドに近づいた。「お医者さまには診ていただいたの？」

「いいえ。まだこの近くにいるらしいのだけれど、明日までこられないんですって。心配だわ……」母は声をつまらせた。

ヘンリエッタは妹の真っ赤な顔を見た。「アルビーナ、セアラから具合が悪いと聞いて、何かできることはないかと思って」ヘンリエッタは妹の熱い手を取って握った。

アルビーナが目を開けた。「ひどく疲れてしまって」

「頭はどう？」ヘンリエッタはアルビーナの額にかかっていた黒髪を払った。

「だいじょうぶ」

「よかった。でも、何か飲まないと。この家では言うことを聞かない子はどんなふうに叱られるか、覚えているでしょう」ヘンリエッタは微笑んだ。

「セアラの引き出しに入っているお茶なら飲むわ。あの豊かな香りが大好きなの。お姉さまが調合したものね」

ヘンリエッタは顔をあげてセアラを見た。「何を入れたの？　お茶を調合したの？」

セアラは唇をかんだ。そしてヘンリエッタの横を通りすぎて、アルビーナの額に手をあてた。「あのお茶を何杯も飲んだの？」

「ええ」アルビーナはあくびをしながら答えた。「リコリスのお茶が好きだから」

「リコリス？」ヘンリエッタはセアラの腕をつかんだ。心臓の鼓動がどんどん速くなっていく。「あ、あ、あなたがリコリスを掘って、アマースト伯爵に見つけさせたの？」

「誰かに見つけさせるつもりなんてなかったわ」セアラはひどくあわてた声で答えた。

「アマースト伯爵がくるなんて思っていなかった。彼はサターフィールド卿と一緒に、乗馬とか狩りとか、男性たちが連れだってやるものをやっていると思っていたのよ。まさか、庭を歩いているなんて——それも、お姉さまのハーブ園にくるなんて思ってもいなかった」

「ああ、セアラ。きちんと勉強していないひとは、リコリスに毒があるなんて知らないのよ。何も知らずに飲みすぎると、痛みや痺れや疲れが起きるの」

母が息を呑み、片手を胸にあてた。「セアラ、アルビーナに毒を飲ませたの?」

セアラは首をふってしどろもどろで答えた。「いいえ、もちろん、そんなことはしていません。妹に毒を飲ませたりしないわ」

「そう、招待客だけよね」ヘンリエッタは小声で言った。「みんな、病気ではなかった。そうよね?」

「病気だったわ」セアラは弁解するように言った。

「あなたのせいでしょ」

「お父さまの本を読んだら——」

「全部読んだの？」ヘンリエッタは興奮して訊いた。「有名なハーブの駆散効果や、身体に対する影響について詳しく書いている本も？　リコリスは揮発性物質だと書いてある本も？　リコリスはとりわけ注意を払って使用しなければならないと書いてなかった？」

セアラは唇をかんだ。「たぶん、全部ではないけど。誰かを傷つけるつもりなんてなかったのよ。ただ、一日か二日ベッドで寝ていてほしかっただけで」

「一日か二日？　リコリスは薬効も高いけれど、過剰に摂取すると、何週間も寝こむことになるのよ」

セアラは神妙な顔でアルビーナの額に手をあてた。「お姉さまがぜったいにプラムバーンを渡したくないって言っていたから。お姉さまに欲しいものを手に入れてほしかっただけなの。だから……」

「競争相手を減らして、伯爵夫人に選ばれる確率をあげようとしたのね」ヘンリエッタはセアラの言葉を引き継いだ。

「セアラ」母が喘ぐように言った。「いったい、何をしたの？」

「実際、何をしたのですか？」部屋の反対側から低い声が訊いた。

「サイモン」ヘンリエッタは顔をあげて、ほのかな明かりの向こうにいるサイモンを見た。声を聞いただけで、心臓が跳ねあがっている。彼はドアの近くに立っていた。背が高くてがっしりした体型のサイモンが立っていると、せまい戸口はもういっぱいだった。

「まあ、伯爵さま。このたびは娘がとんでもない真似をいたしまして、申し訳ありませんでした」母はあわてて言った。「まさか、そんなことをするなんて――」

「そのお言葉を疑ってはいませんが、お嬢さま方は――」ヘンリエッタを見つけると、サイモンの目が厳しくなった。「――招待客だけではなく、ぼくの評判にも傷をつけたのです」

セアラは首をふった。「でも、先ほども申しあげたように、そんなつもりは――」

「どんなつもりだったのかは、どうでもいい。ぼくにとってだいじなのは、あなたが花嫁選びのじゃまをしたことで、いろいろと考慮しなければならない事態になったということです」

「妹はやさしい子なんです」ヘンリエッタはささやいた。

「ほかのひとたちとちがってね」サイモンは温かみのまったくない冷ややかな目でヘンリエッタを見た。

「わたしだって、誰かを傷つけるつもりなんてないわ」

「ああ。きみの妹さんも。少なくとも、本人はそう言っている。でも、レディ・アルビーナは双子のお姉さんの手によって毒を飲まされ、具合が悪くてなって伏せっている」

「わたしは毒なんか――」セアラは反論しかけたが、サイモンの冷ややかな目ににらまれて黙りこんだ。

「あなたの主張と矛盾する証拠が目のまえで横たわっているのだから、何をやらなかったなどということは言わないでいただきたい」

身震いするほどの冷たい目でにらまれて、ヘンリエッタの心は落ちこんだ。「サイモン――」

「醜聞紙のせいで、上流社会の人々はぼくが怪物のような男で、他人を、とりわけ女性たちを傷つける男だと思いこんでいる。そして今度はあなたたちの企み――プラムバーンを手に入れるための策略で――そうした疑念にまんまと証拠を与えてしまった」

サイモンの声は冷ややかで、ヘンリエッタはひと言ひと言に心を切り刻まれてたじろいだ。サイモンが語っていることは事実だからだ。それはサイモンが戦わなければならない事実であり、すべては父の屋敷を守りたいという自分の勝手な欲望が原因なのだ。自分は何をしてしまったのだろう？

母は立ったまま、ハンカチを胸にあてていた。「わたくしたちはもう失礼してローズハーストに戻ったほうがいいのかもしれません。騒ぎが……収まるまで。もちろん、アルビーナの熱が下がったらということですが」

「幸いなことに、たぶんすぐに下がると思うわ」ヘンリエッタは平板な声で言った。「もちろん、どのくらいで回復するかは身体に入ったリコリスの量によるけれど。効果がなくなるのを待つしかないから」

「アルビーナが回復したら、出発しましょう。すぐに」母が言った。「そのように準備をしますので」

サイモンは口もとを引き締めてうなずくと、何も言わず、ヘンリエッタのほうを見もせずに部屋から出ていった。

ヘンリエッタは涙をこらえて、アルビーナの手を強く握った。プラムバーンを発って、サイモンがミス・サクストンに求婚の意思を示せば、物事はあるべき姿になる……それなのに、どうして何もかも間違っている気がするのだろう？

濃厚な香りのブランデーを口にすると、炎がゆっくりサイモンの喉をなめていった。だが、いくら飲んでも、頭は冴えたまま変わらない。

サイモンは何も考えたくなかった。この日の出来事を思い悩まず、デキャンタのブランデーを飲みほすことで、感覚さえ鈍くなるほど酔いたかったのだ。

だが、深夜遅く、ひとりきりで寝室にこもり、かなりの酒を飲んでいるにもかかわらず、頭はさまよいたくない道筋ばかりたどっている。艶めかしく誘う黒髪の、彼に痛みをもたらす女――ぜったいに避けたほうがいいとわかっている女のところへ。

過去の悲しい経験があるにもかかわらず、その魅力は強力で、サイモンは弱すぎた。いったい何度、女性たちの誘惑に引っかかれば気がすむのだろう？　今度の女性こそはちがうと、何度思いちがいをすればいいのか？　そして、自分は彼女たちの気を引く価値があるのだろうか？　財産や、爵位や、さらにはこの屋敷がなくても、自分だけの魅力で彼女たちの愛を勝ち取れるだろうか？

自分はばかな男だ。敗北して、心が傷ついた愚か者なのに、愛されていると本気で信じた女性のことを考えずにいられない。ああ、ヘンリエッタを忘れるために飲んだブランデーすら彼女を思い出させる。ブランデーの色が、苦悩に満ちていた彼女の目の色と同じなのだ。

そのときドアがノックされて、サイモンは顔をあげた。「はい」かすれた声で返事をした。

掛け金があがり、重いオークのドアがきしみながら開いた。まだ夕食のときの服装のままのサターフィールドがハンカチを鼻にあてて戸口に立った。「おい、アマースト。きみに自制心は期待していないが、暖炉の火がもう少し高くあがったら、部屋ごと燃えあがってしまうぞ」

「かまわない」

サターフィールドはハンカチをはずして、目をむいた。「ミス・サクストンと話した」

「つまり、ぼくたちはどちらもミス・サクストンがまもなくここを発つことと、ぼくの遠縁の娘たちが結婚相手に選ばれるために誤った方法を選んだことにミス・サクストンが気づいたことを知ったというわけか。探偵のような能力には敬服するが、きみには一切関係ないことだ」

「アマースト、ぼくはきみの友人だ。きみの花嫁選びに手を貸すためにここにいるんだぞ」

「ぼくが選んだ女性に求婚したくせに。でも、逆効果だったみたいだな」

「まえにも話したように、これはぼくたちの友情に敬意を払った結果で――」

「友情？　ぼくが結婚相手として考えているとはっきり言った女性にすぐさま求婚したのに、それを友情に基づいた行為だと呼ぶのか？」

サターフィールドもうなだれてみせるくらいの礼儀は持ちあわせていた。「彼女はきみにふさわしくないし、ミス・サクストンのほうが――」

「そうだな。だが、きみの考えは間違いだった。ミス・サクストンは知ってのとおり、夜明けとともに出発する。ぼくは花嫁を選べず、きみが必ず救いあげると決めていたぼくの評判はめちゃくちゃのままだ。きっと弟が爵位を継いで、アマーストの名は修復できないほど汚されるだろう。さあ、乾杯だ！」

サイモンは立ちあがり、半分まで減ったブランデーグラスをベッドわきの小さなテーブルに叩きつけるように置くと、風味の強いブランデーが縁を越えてこぼれた。そこで胸ポケットからハンカチを出して手をふき、窓の外の月光に照らされた芝生を眺めた。

「ぼくが間違っていたのかもしれない」

サイモンはいつも自信にあふれた、競争相手でもある友人のほうを向いた。「何だって？」

サターフィールドは足もとを見つめた。「もしかしたら……もしかしたら、ぼくの努力は目指す方向を間違えていたのかもしれない」

サイモンは顔をしかめた。「きみの告白の行き着く先が見えないんだが――」

「レディ・ヘンリエッタのことだよ、アマースト。ぼくは社交界に復帰したいというきみの願いだけを考えていた。きみの……心情については考えようとしなかった。理屈で考えれば、ミス・サクストンを選ぶべきだったんだ」

「きみはまえにもそう言っていた」

「ああ。でも、もしかしたら、どんなに伯爵夫人としての資質が劣っていても、レディ・ヘンリエッタを選べばよかったのかもしれない」

サイモンは大笑いした。「どうして、そんなことを考えたんだ？　サタ一フィールド、きみだって、彼女の話を聞いただろう。レディ・ヘンリエッタが欲しかったのはプラムバーンだ。ぼくは屋敷を手に入れるための手段にすぎなかったのさ」

サターフィールドは顔をあげると、消えつつある炎が放つほのかな明かりを見つめた。「本気で信じているのか？」

じつを言えば、サイモンはもう何を信じたらいいのかわからなかった。

上流階級のなかで名誉を挽回する唯一の可能性だった、有力な父を持つミス・サクストンは夜明けとともに屋敷を発つ。そのことで評判を回復する機会を失い、弟がアマースト伯爵家の財産を必ず狙ってくることに絶望し、このうえなく落ち込んで当然なのだ。

だが、落ち込んではいなかった。

もちろん、もの悲しい気分ではあるが、社交界での立場も、立派な女性と結婚して噂を消すことも、もうどうでもよかった。

気になるのはヘンリエッタのことだけだ。

ああ。

不幸な結果となった企みで、噂はこれまでの十倍にふくれあがるだろう……それでも、サイモンでさえ本当にヘンリエッタが関わっていたのか、はっきりわからないのだ。レディ・セアラは手を汚している現場をはっきり見たし、自らの口から白状していた……でも、ヘンリエッタは……レディ・セアラは姉の関与を否定し、自分ひとりで、自分の意思でやったことだと断言していた。

激しい痛みが頭を貫き、サイモンは目を閉じて、指でこめかみを押さえた。

ああ、どうして自分自身にこんな仕打ちをするのだ？　どうして希望を持たないのだ？

ヘンリエッタはまるで母や、父の愛人や、さらにはアンのようでもあった。三人とも自分勝手で自分の欲望ばかりに忠実で……だが……しかし……。

ヘンリエッタは決して自分勝手ではなく、レディ・ジョージアナの苦しみを癒やそうと熱心に手を貸していた。それに、ちょうどいまみたいに頭が痛んだときに、ためらうことなく手を差し伸べてくれた。

サイモンは瞼のうしろがずきずきする痛みに、歯を食いしばって耐えた。ヘンリエッタはハーブ園でティーカップを用意して立ったまま待ち、自分で調合したお茶をいれてくれた。あれで頭痛がやわらいで眠ることができ、もう一度飲みたいと熱烈に願ったのだ。

あれだけのハーブの知識があれば、自分をもっと苦しめたり、身体を傷つけたり、ほかの客たちにもっと害を与えたりすることは簡単だったはずだ。アンがそんな有利な立場にいたら、存分にその機会を利用したにちがいない。

だが、ヘンリエッタはそんな真似はしない。そして実際にしなかった。

これからも決してしないだろう。

妹の告白を耳にしたとき、ヘンリエッタの顔には無念の表情が浮かんでいた。横顔すべてを見なくてもわかった。レディ・アルビーナの寝室の外に立っていたのだから、疑いを抱いていたのだとしても、ヘンリエッタが企みに関わっていないことは、あの顔を見ればわかったはずなのだ。

おそらく、たとえ妹の企みに関わっていなくとも、サイモンの評判を守るために、求愛を拒絶したのだろう。

その可能性に気づくと、心臓が飛び跳ね、激しくなっていた頭痛が一瞬だけやわらいだ。

ヘンリエッタが自分を愛してくれている可能性はあるだろうか？　愛してくれているからこそ、妹の企みによってサイモンの評判がさらに落ち、ミス・サクストンとの結婚の可能性がなくなることを恐れて、愛するプラムバーンまで他人に譲ったのだろうか？

心臓の鼓動が勢いを増し、わずかな希望のきらめきに気分が浮きあがってくる……。最後にもう一度確かめなければ。自分に何らかの愛情を抱いてくれているのかどうか……自分の心がヘンリエッタを愛すと決めているように、彼女も自分を愛してくれているのかどうかを。

そして、サイモンは彼女が最も欲しがっていたもの――プラムバーンを差し出すことで、ヘンリエッタの気持ちを確かめることにした。望みはしなかったのに、自分のものとなった屋敷。青々とした牧草地、細心の注意を払って選ばれた調度品、そしてていねいに額に入れた絵にさえ親しみを覚えるようになっていた。ここで子どもたちを育て、ヘンリエッタとともに暮らし、手をつないで一緒に廊下を歩く……それが何よりもいまサイモンが欲しいものだった。

とつぜん目のうしろで光が破裂し、激しい痛みが襲ってきた。サイモンが膝から崩れ落ち、息を吐きだすと、暗闇が広がって真っ暗になった。

15

どんなにしっかり目を閉じても、妹のベッドのかたわらで夜を過ごした疲れに身をまかせようとしても、馬車の揺れと、削られた道のでこぼこと、アルビーナの小さないびきだけでは、夢のない眠りには誘われなかった。

ヘンリエッタはずっと眠ることができなかった。妹の体調が悪かったせいではなく、頭が動かずにいることを拒み、絶えずサイモンのことばかり考えてしまうのだ。苦しみに満ちた目と、裏切られたときに整った顔に浮かんだ表情のことを……。

ヘンリエッタは馬車のカーテンのはしを持ちあげて、プラムバーンの石造りの煙突の消えつつある輪郭と、早朝に熾《おこ》した火から立ちのぼる煙を照らす朝陽を見つめた。

そしてまたカーテンをおろすと、座席に深く腰かけてため息をついた。

プラムバーンはミス・サクストンのものになる。そうあるべきなのだ。

ミス・サクストンには、サイモンに求婚されるために、ほかの女性たちに毒を盛った悪者の家族はいない。女性たちに謝罪をしたあとにいくつもの噂が広まり、伯爵夫人の肩書きを得るための話が知られることになったら、とんでもないことになる。サターフィールド侯爵に指摘されたように、ヘンリエッタではサイモンの名誉を挽回できないどころではない。気づかないうちに、彼の評判を台なしにしていたのだ。

サイモンがミス・サクストンと結婚するのは、サイモンにとっても妹たちにとっても最善の策ではあるけれど、義父となるロチェスター子爵は悪事を企んだ親戚のせいで傷ついたアマースト伯爵の名誉を回復するのに苦労するだろう。

それでもロチェスター卿は人望のある子爵であり、今回の試練の悪影響を小さくする手立てを持っている人間が社交界にいるとすれば、それはロチェスター子爵とその豊富な人脈にほかならない。

アマースト伯爵の名誉は回復し、プラムバーンもきちんと管理されるだろう。身体の痛みがやわらいでいくように、心もいずれ癒やされ、愛する男性を失った苦しみからも解放される日がくるだろう。

ヘンリエッタはそう自分にさえ嘘をついていた。

何もできることはない。人生は続いていくのだ。サイモンは結婚し、自分は……自分もいつかは結婚したい。もしも、この事件のあと、評判が回復したら。といっても、ヘンリエッタに屋敷を切り盛りできる才能があるかどうかより、豊富な持参金のほうが気になる男性もいることはよく知っているけれど。

あるいは眠っている男性に毒を盛る女かどうかという点よりも。

いや、きっと自分には未婚のままの人生が待っているにちがいない。ハーブに関する知識を持っていることを知られ、この数週間で明るみに出た話がロンドンに住む人々の居間で噂されるようになれば。

社交界を追放され、のけ者にされるのだ。害をもたらす危険な薬を調合したがる、変わり者の女として。自分のような女性はきちんとした家の舞踏会に招待されても、誰にもかまわれず玄関先で放っておかれるのが関の山だろう。

でも、そのほうがいい。自分が会いたいのはほかの女性と婚約している男性だけなのだから。

ヘンリエッタは胃が締めつけられた。涙が浮かんできそうになり、目を閉じて、深呼吸をした。だいじょうぶ、乗り越えられる。失ったものを忘れさえすれば……。失ったのは、愛する男性の腕のなかで一生を過ごす幸せだ。自分を安心させてくれるサイモンの気配があふれるプラムバーンの部屋。子どもたちの――ふたりの子どもたちの――笑い声が響く中庭……。

すっぱいものが喉から舌へとこみあげてきた。

ヘンリエッタが目を開けると、母が探るような目で見つめていた。「彼を愛しているのね」

短いけれど、これ以上ないほど真実を突いた言葉だった。そう、サイモンを愛している。だから、自分はここにいて、サイモンはプラムバーンでミス・サクストンに結婚を申し込んでいるのだ。

「彼は知っているの？」母はヘンリエッタの視線をそらさせずに訊いた。

「それで、何か変わるの？」ヘンリエッタは尋ねた。「サイモンには責任があるのよ、お母さま。わたしの名前や……行動のせいでついた汚名を晴らして、伯爵家を守る責任が」

セアラがヘンリエッタのほうを向いて、眉を寄せた。「アマースト伯爵を愛しているの？」

「もちろん愛しているけれど、だからといって結婚できないわ。彼は社交界での立場を考えなければならないし――」

「でも、あなたは彼を愛しているのでしょ、ヘンリエッタ」母はまだヘンリエッタを見つめている。

ヘンリエッタの目の奥に涙がこみあげてきた。「でも、彼はわたしを愛していないわ」心臓にナイフが突き刺さったかのように、感情がヘンリエッタを突き刺し、言葉の真実が心を粉々にした。ヘンリエッタは涙が頰を伝わないように目を閉じた。

「ばかね」膝の上に温かい手が置かれた。ヘンリエッタが目を開けると、心配そうな母の目が見つめていた。

「ヘンリエッタ、彼に伝えなさい。あなたの気持ちを知らせないと。たぶん、彼なら許して――」

「こうするしかないのよ」ヘンリエッタはしゃくりあげながら言った。

セアラがもったいぶった顔で咳ばらいをした。「もう、お姉さまったら。彼に興味があるなら、勝負をやめるよう教えてくれればよかったのに。お姉さまは気持ちが顔に出るから、ゲームはやめたほうがいいわね」

「気持ち？」

「自分のしたことが信じられないという気持ちよ。まだ、できることはあるわ。伯爵にはお姉さまの気持ちを知る権利があると思う」

ヘンリエッタはしどろもどろで言った。「でも、ミス・サクストンは――」

「おばかさんよね」セアラが姉の言葉を引き取って言った。「伯爵夫人の肩書きにふさわしくない退屈で愚かなひとよ」

「それでも、サイモンが彼女を選んだのよ。じゃまはできないわ」

「でも、お姉さまは――」

「これまでもじゃまをしてしまったの。これ以上はできない」ヘンリエッタは首をふり、両手を握りしめた。「もう終わってしまったことよ。物事はすべて片づいて、あるべき姿に収まったの」

「ヘンリエッタ」母が何かを言いかけたが、ヘンリエッタは鋭い目で黙らせた。

「運命をきちんと受け入れさせて、お願い」

母はセアラと目を見あわせてうなずいた。「わかったわ」母は座席で深くすわり直し、ヘンリエッタは苦しみに耐えるために目を閉じた。


馬車がとつぜん傾き、ヘンリエッタは母の膝に放りだされて目を覚ました。

「まあ」母は驚いて言った。「宿に着いたようね」

ヘンリエッタは身体を起こしてうなずいた。宿。もちろん、そうよね。いつの間にか数時間が過ぎていたらしく、扉が開いて午後遅くの陽光が暗い馬車に射した。

「〈雄鶏と雌鶏亭《コック・アンド・ヘン》〉に着きました」従僕が手袋をした手を差しだすと、母はその手を借りて馬車から降りた。

ヘンリエッタは順番を待ち、あくびをこらえながら両腕を伸ばした。馬のいななきと男たちの低い叫び声が聞こえ、忙しそうな宿の中庭の音と、食欲をそそるできたての肉料理とパンのにおいが混じりあった。最後に何かを口にしたのはきのうの午後で、あのとき世界は望みと期待にあふれているように感じていた……それに、食べ物のことを考えても、胃が喉まで飛び出してきそうにはならなかった。

とりあえずいまは、胸の痛みより食欲が勝っているらしい。ヘンリエッタはお腹を押さえて、鼻を上に向けた。

「ヘンリエッタ、早くいらっしゃい」母が呼んだ。「ぐずぐずしないで」

ヘンリエッタは従僕の手を取って馬車から降りると、しっかり踏み固められた地面に足をおろした。

「最後のふた部屋が取れたわ」母は心配そうな目で娘を見た。「食事とお茶をいただけば、気分も少しはよくなるでしょう」

確かに、耐えられるようにはなるかも。でも、よくなる？　ヘンリエッタはため息をついた。

「さあ、行きましょう」

ヘンリエッタは落ちたばかりの馬糞を踏まないように、わきへよけた。だが、足もとで雑な仕事をしていた小僧の姿は見えていなかった。小僧の小さな身体がヘンリエッタにぶつかってきてよろけたが、力強い腕が腰を支え、ヘンリエッタは転ばずにすんだ。

ふいにセージの香りがして、心臓が走りはじめた。ヘンリエッタが顔をあげると、目のまえにアマースト伯爵の顔があった。一日で伸びたひげであごの影が濃くなり、乱れた髪が目にかかっている。

「どうして、ここに？」母が小声で言った。

「ヘンリエッタ、きみと話がしたい」

衝撃が手足から伝わって唇が動かなくなり、まともな考えができなくなり、これは自分がつくりだした幻かもしれないと思いはじめた。

ふたりの妹たちと母が目を丸くして見守るなか、サイモンは人目がある宿の中庭の真ん中で、立ったままヘンリエッタを抱きしめている。

「きみにプラムバーンを譲ることにした」

ヘンリエッタは息を呑み、まばたきをした。「は、は、はい？」

「もちろん、限嗣相続と法律で禁じられているから、所有権はあげられないが、家を空けることはできる。ぼくはほかの場所に住むから、きみはプラムバーンで暮らすといい」

「何ですって？」ヘンリエッタは息をするのが難しかった。サイモンの言っていることが何もわからない。そもそもサイモンが宿の中庭にいることから、おかしい。彼は自分ではなく、ミス・サクストンといるはずなのだ。こんなところではなく。それに、いまこうしてサイモンの腕のなかにいるのもおかしい。「そ、そ、そんなのは無理よ」ヘンリエッタはやっと言った。「プラムバーンはアマースト伯爵のものなのよ」

サイモンはうなずき、ヘンリエッタを力強い目で見た。「そのとおり。だから、ぼくはアマースト伯爵として、プラムバーンに誰が出入りできて、誰ができないのか決める権利がある」

「でも、プラムバーンはアマースト伯爵の本宅なのよ。爵位が与えられてから、歴代の伯爵すべてがあそこで暮らしてきたの。たんに屋敷を出て、わたしに暮らさせるなんてできないわ」それとも、できるのだろうか？　ヘンリエッタは眉を寄せ、サイモンの腕のなかで、長いあいだ欲しいと思っていたものを差し出されるという、とんでもない状況について何とか理解しようとした。しかも、ふたりが抱きあっているのを、宿の中庭にいるひとたちが立ったまま見ているのだ。

「できるさ。この五年間、ぼくはプラムバーンで暮らしてこなかったのだから、このままほかの場所で暮らしてもかまわないはずだ。しかも、ぼくよりきちんと管理ができるひとの手に屋敷をゆだねるのだから」

プラムバーンの西の牧草地から屋敷の入口まで走ったかのように、心臓が激しく打っている。ヘンリエッタは力強い腕のなかでもがいたが、無駄だった。サイモンの両腕でしっかり抱きしめられているのだ。

「でも、もし……もしも、わたしが結婚したら？　夫となるひとにも屋敷があるでしょう。わたしの屋敷まで責任を負いたくないかもしれない」

サイモンは咳ばらいをして、視線を地面に落とした。「きみの持参金はプラムバーンの維持費として使用することを条件にするよ」

ヘンリエッタの心臓が止まった。「そこまでしてくれるの？　わたしのために？」

サイモンは茶色の目をあげて、ヘンリエッタと目をあわせた。「するよ。愛する女性のためだ」

耳の奥で脈打つ音が大きく響き、肺に残っていた空気が一瞬で消えた。「い、い、言っている意味がわからないわ」

サイモンはヘンリエッタの手を取った。「ヘンリエッタ、妹さんはきみの願いを叶えようとして、ほかのひとに毒を飲ませた。きみがどれほどあの屋敷を愛しているか、ぼくにもわかっている。それから、サターフィールドに結婚を申し込まれたことも。きみは選べるんだ。きみが結婚相手を決めるとき、ぼくはプラムバーンを決め手にしてほしくない。ぼくはうぬぼれているから、持っている屋敷ではなくて、ぼく自身を求めてほしいんだ」

ヘンリエッタは首をふり、唇を動かしたが、声が出なかった。サイモンがわたしをい、い、い、愛している。サイモンがわたしを愛している。

嘘よ、きっと聞きちがい。いいえ、もしかしたらサイモンは紳士の役目として、自分の意思ではなくて期待されているから、屋敷を譲ると言っているのかも。そうだとしたら、最悪だ。「あの夜のあと、あなたが求婚してくれるつもりがあったなら――」

「ヘンリエッタ、もちろん、あの夜のあと、ぼくは結婚を申し込むつもりだった」ヘンリエッタの心臓が急降下し、胸は大きくふくらんだ。「でも、あの夜のまえに求婚すべきだったと後悔している」

ヘンリエッタのまわりで、世界がぐるぐる回転した。耳にしている言葉が信じられない。「でも、ミス・サクストンはどうするの？　彼女のほうがわたしより評判がいいのよ。あの会話術だけで、あなたは社交界へ戻れるわ」

「確かにね。でも、ほかの女性に心を奪われているのに、彼女と結婚するなんて不誠実だ」

サイモンはもみ革色のブリーチズをはいた膝を中庭の地面につけてひざまずいた。そして頭のうしろに手を伸ばして、ひもを引っぱった。眼帯が地面に落ち、ふたつの目でヘンリエッタを見つめた。「レディ・ヘンリエッタ、ぼくの妻になってもらえますか？」

ヘンリエッタはくぼみができている地面にしゃがみこんだ。涙があふれ、目のまえがにじんでいる。「でも、あなたの評判や、名誉は――」

「きみがいなければ、意味はない。ぼくが結婚したいのはきみだ」

ヘンリエッタは息をもらした。「わたしが結婚したいのはあなただけ。サイモン、あなたがいないなら、プラムバーンなんて欲しくない。あなただけが欲しいの」

サイモンはヘンリエッタを抱きよせてキスをした。未来のアマースト伯爵夫人としてキスをしたのは初めてだった。

エピローグ

翌年の春

プラムバーンの舞踏室に集まった人々のあいだに次の曲が流れはじめると、ヘンリエッタは甘いラタフィアを飲んで喉の渇きを癒した。扇子で顔をあおいで、春にしては珍しいほど熱い空気を払いながら、大勢の隣人や友人や家族のなかから黒髪を探した。

「失礼」隣を通りすぎたひとがひじにぶつかり、ラタフィアがあごにこぼれた。

ヘンリエッタは笑い声をたてた。

「ルビー色の綿繻子を選んで正解だったわね」アルビーナが隣に立った。「レモン色のドレスにしようと思っていたでしょう」

「黄色はサイモンが好きな色なんだもの」ヘンリエッタは近くのテーブルにグラスを置き、妹が持っていたハンカチに手を伸ばして奪い取った。

「そんな明るい色のドレスを着ていたら、好きな飲み物が何かわかってしまうわよ。ルビー色はラタフィアをうまく隠してくれるから。わたしでさえ、こぼしたことに気づかなかったもの」

「気づかなかったのは、お姉さまの胸の上の大きなルビーに目を引き寄せられるからよ」セアラがかすかに笑いながら言った。「お姉さまがパンチボウルのラタフィアを半分こぼしたって、誰も気づかないわ」

ヘンリエッタは胸の谷間に飾られているる大きなルビーに手をやった。「大きすぎる？」

「奥さまを溺愛しているだんなさまからの贈り物としてはちょうどいいと思うわ。お姉さまの治療のおかげで変われたんですもの、なおさらよ」

「気がついた？　わたしが調合した膏薬が傷痕にとても効いたみたいなの」

「傷痕？　わたしが言っているのは彼がとても陽気になって、自信に満ちて生き生きしていることよ。ふたりで舞踏室に入ってきてから、ずっとにやにやが止まらないみたい」

「ばかなことを言わないで」ヘンリエッタは赤くなった。「サイモンはパーティーを楽しんでいるだけよ」

「お姉さまもね」アルビーナはそう言うと、ヘンリエッタのお腹のほうをあごで示した。「いつ発表するの？」

ヘンリエッタはふくらみかけているお腹に反射的に手をやった。「そんなに目立っているとは思わなかったわ」

「目立ってはいないわよ」セアラが言った。「ただ、そうじゃないかなって思っていただけ。それをお姉さまが確認してくれたってことね」チェリーのように赤い唇を引きあげて、にっこり笑った。するとアルビーナも口に手をあてて、忍び笑いをこらえた。

ヘンリエッタは閉じた扇子でセアラの腕を叩いた。「悪い子たちね。もっといい子たちだと思っていたのに」そう言いながらも微笑んだ。

「わたしは何もしていないわ」アルビーナがくすくす笑いながら言った。「〝黒伯爵〟のことを持ちだしたのはセアラよ。遅かれ早かれ、彼の意地悪がお姉さまに移るとは思っていたけど」

ヘンリエッタは頬を赤く染めた。セアラが姉の腕をこすって、心配そうな顔をした。

「じつは放蕩者という評判はこけおどしで、わたしたちは甘やすことができる甥や姪を望めないんじゃないかと心配しはじめていたの」

「サイモンは意地悪なんかじゃないわ」ヘンリエッタは言った。「彼は……」完璧よ。「伯爵よね」セアラは自分で言いながら吹きだした。

「ええ、そうね。それから――」

「きみが想像するもの、すべてでありたい」低い声がうしろから聞こえた。

ヘンリエッタがふり返ると、夫が笑みを浮かべて見つめていた。ヘンリエッタは胸がいっぱいになり、愛情をこめて見つめ返した。

「もう、それ以上の言葉はないわ」ヘンリエッタは言った。

「そうでしょうね」アルビーナが言った。「お姉さま、吃音がすっかりなくなったわね。サターフィールド卿まで、夕食でそう話していたわ」

「彼が？」サイモンが訊いた。「そういえば、サターフィールドがきみの居場所を聞きまわっているようだ」

アルビーナの顔が輝いた。「本当に？　それじゃあ――ちょっと失礼します」アルビーナはドレスの裾を持ちあげて、人々のなかへ入っていった。

サイモンは手袋をしたヘンリエッタの手を取り、自分の腕に置いた。「ウェイヴァリー公爵にきみの見事なハーブティーについて話していたんだ。どうやらご子息が咳をしていて、奥方がひどく心配しているらしい」

「わたしは医師ではないのよ」ヘンリエッタは声をひそめた。

「そんなことは知らない。きみはぼくを治してくれた。身体も……心も」

ヘンリエッタは夫を、いまでは誰もが目にしている、滑らかになった傷痕を見つめた。こめかみにあった赤くて醜いくぼみまで消えたのは、ヘンリエッタにとっても期待以上の成果だった。

サイモンの勧めで、ヘンリエッタの才能は自らの想像以上に花開いた。おそらく、いまやその技術は趣味の域を超えている……とはいえ、いとこの夫であるウェイヴァリー公爵は多忙を極めるひとであり、その彼がヘンリエッタのハーブティーについて知っているとすれば、とんでもないことだった。

ヘンリエッタは胸を高鳴らせながら、サイモンの目を見て微笑んだ。「わたしにできることなら何でもするわ。でも、奇跡を起こすとは約束できない」

「きみはもう奇跡を起こしたよ」サイモンはヘンリエッタのお腹に目をやると、腕のなかの妻を回転させ、ワルツと幸せな人生のステップを踏みはじめた。

訳者あとがき

黒い眼帯《アイパッチ》で傷ついた片目を隠し、五年まえに愛人を殺して大陸へ逃げていたと噂される〝黒伯爵〟こと、アマースト伯爵サイモン・ビーチャム。

そのひとこそ、ヘンリエッタが結婚しなければならない相手だった——。


一八一九年夏、イングランドのケント州に建つ美しい屋敷プラムバーンでは、アマースト伯爵サイモン・ビーチャムに招待された人々が客間に集まっていました。このパーティーの目的はただひとつ、サイモンの花嫁選びです。

五年まえ、サイモンは愛人を殺害した嫌疑をかけられ、やっと最近になって無罪判決を勝ち取ったところでした。けれども、五年のあいだにサイモンの名は醜聞にまみれ、社交界へ復帰するには強力な縁故を持ち、評判に傷ひとつ付いていない女性と結婚するしかなかったのです。サイモンは家令に命じて、伯爵夫人としてふさわしい上流階級の娘たちを選ばせ、プラムバーンに招待しました。そのひとりが先代アマースト伯爵の令嬢、ヘンリエッタ・ビーチャムだったのです。

ヘンリエッタにはどうしてもサイモンと結婚しなければならない理由がありました――アマースト伯爵家の本宅であるプラムバーンです。

ヘンリエッタにとって、プラムバーンは亡き父との思い出がつまった屋敷でした。父が選んだ調度品が並び、父が本を読んでいた図書室があり、父がヘンリエッタのためにつくってくれたハーブ園があるプラムバーン……。しかしながら、先代伯爵には跡継ぎとなる息子がなく、アマースト伯爵を継いだのは遠縁のサイモンで、プラムバーンも彼のものとなったのです。またプラムバーンで暮らしたければ、サイモンと結婚し、アマースト伯爵夫人となるしかない――ヘンリエッタは〝黒伯爵〟と呼ばれる男性の妻になろうと心に決めます。

花嫁候補のライバルは三人。ヘンリエッタは黒髪とブランデー色の瞳が印象的な美しい娘であり、母は顔も生まれもいいヘンリエッタが選ばれないはずがないと断言します。けれども、ヘンリエッタにはそれほどの自信がありませんでした。緊張すると舌がもつれ、うまく話せなくなってしまうからです。

いっぽう、サイモンにも花嫁を選ぶにあたり、心に決めていることがありました――気持ちをそそられるような女性はぜったいに選ばない。サイモンはこれまで美しい女性に惹かれては惑わされ、裏切られて傷ついてきました。もう、そんな思いはたくさんであり、同じ過ちはくり返さないと決意していたのです。とりわけ、愛人だったアンと同じ黒髪の女性なんて、もってのほかだと――。

いよいよ噂の〝黒伯爵〟が客間に登場し、花嫁選びがはじまりました。けれども、ヘンリエッタは花瓶を倒して水をかぶり、ドレスが透けてしまい……。

本邦初訳の作家フランシス・フォークスの『黒伯爵の花嫁選び』（原題 *The Earl's New Bride*）をお届けします。

本書『黒伯爵の花嫁選び』は *Daughters of Amhurst*（アマースト伯爵家の令嬢）シリーズの第一作で、本国では第二作の *To Win A Viscount* まで刊行されています。

こちらはヘンリエッタの妹、アルビーナが主人公をつとめるようです。また、第三作も刊行の準備が着々と進んでいるとか。


さて、著者フランシス・フォークスについて、簡単にご紹介しましょう。

フランシス・フォークスは米国中西部で生まれました。現在はサウスカロライナ州で、高校のクラスートだった夫と三人の息子、そして甘やかされたスタンダード・プードルとともに暮らしています。

フランシスは十歳のときに初めて読んで以来、『赤毛のアン』の大ファン。だから、フランシスの髪を引っぱってはちょっかいを出してきた、赤毛のクラスメートと結婚したのはとても自然ななりゆきだったとか。もちろん、三人の男の子たちも赤毛です(本書のヒロイン、ヘンリエッタは見事な黒髪ですが)。

アメリカとイギリスの歴史に興味があり、両国の歴史とハッピーエンドを迎える物語を組み合わせて小説を書くことに情熱を傾けています。

そして小説を執筆していないときは、家族との時間を楽しみ、次の休暇の計画を立てているそうです。

さて、ロマンス小説の主人公はたいてい美しく、理想的な姿に描かれことが少なくありません。そんななか本書のヒーローであるサイモンは、黒い眼帯で片目を隠し、愛人殺しを疑われて〝黒伯爵〟と呼ばれていますし、ヒロインのヘンリエッタは黒髪の美女ではあるものの、緊張するとうまく話せないことを気にしています。コンプレックスを抱えているふたりがどうやって愛を育み、結ばれていくのか……。ハーブ好きなヘンリエッタにならい、ハーブティーでも飲みながらお楽しみいただければ幸いです。

二〇一七年四月　寺尾まち子

黒伯爵の花嫁選び

2017年4月17日　初版第一刷発行

著 ························ フランシス・フォークス
訳 ································ 寺尾まち子
カバーデザイン ····················· 小関加奈子
編集協力 ······················ アトリエ・ロマンス

発行人 ······························ 後藤明信
発行所 ························ 株式会社竹書房
〒102-0072 東京都千代田区飯田橋2-7-3
電話：03-3264-1576（代表）
03-3234-6383（編集）
http://www.takeshobo.co.jp
印刷所 ····················· 凸版印刷株式会社

定価はカバーに表示してあります。
乱丁・落丁の場合には当社までお問い合わせください。
ISBN978-4-8019-1055-3 C0197
Printed in Japan